LE PLUS MENTEUR D'ENTRE NOUS

TRAVERSE

NICOLE
LAPIERRE

LE PLUS
MENTEUR
D'ENTRE NOUS

Ce livre est publié dans la collection
« Traverse »
dirigée par Ivan Jablonka

TRAVERSE : Des chemins de traverse, une traversée des genres pour dire le monde et le transformer. Un espace de création ouvert aux chercheurs, écrivains, journalistes, enquêteurs. Un lieu accueillant toutes les écritures du réel, pour relever ensemble les défis du XXIe siècle.

ISBN 978-2-02-153737-6

www.seuil.com

À Maurice Olender

Sans prendre garde à ce que pensaient les siens, qu'il enjoignait, lassé, de cesser leurs questions, il repartait, perdait, quittait, car il tenait à ces nuits de voyage.

Rainer Maria Rilke

De beaux fragments d'histoires en dérive, sur des pales d'hélices, dans le ciel plein d'erreurs et d'errantes prémisses, se mirent à virer pour le délice du scoliaste.

Saint-John Perse

Disparition

Ta mort, Ulysses, est une énigme.

La nouvelle de cet effondrement fatal et inexpliqué, le 15 avril 1991 à Rome, a sidéré tous tes amis. Je ne sais même plus comment, ni par qui, je l'ai apprise. Je me souviens seulement de la tonalité effarée de nos appels téléphoniques. On se réconfortait comme on pouvait, on n'en revenait pas. Puis après l'incrédulité, très vite, ont surgi les questions. Un gaillard de quarante-quatre ans, doué d'une formidable vitalité et qui semblait en pleine forme. Comment était-ce possible ? Pourquoi n'avais-tu rien dit ? Pourquoi n'avions-nous rien pressenti ? Que s'était-il passé ? On a mis bout à bout les récits pour reconstituer les événements à partir de ton arrivée dans la capitale italienne. Tu étais venu en avance pour préparer l'important colloque international sur « Les minorités culturelles » dont tu étais l'organisateur à La Sapienza. Plusieurs d'entre nous devaient t'y rejoindre et intervenir. « On fera une photo de famille sur la place, sagement alignés devant l'entrée mussolinienne de l'université », avais-tu plaisanté. C'était une perspective réjouissante de se retrouver là, à l'orée du printemps. On s'y voyait déjà ! Mais il n'y a pas eu de photo ni de retrouvailles.

Soudain terrassé par une lourde fatigue, accompagnée de fièvre et de difficultés respiratoires, tu minimisais obstinément ton état. « Rien de grave, je vais récupérer », disais-tu. Plusieurs médecins, appelés à ton chevet par une collègue italienne inquiète, évoquèrent une pneumonie et conseillèrent l'hospitalisation. Tu refusais à chaque fois. Cela aurait-il changé le cours des choses ? Pas sûr. Marcel et sa femme Alicia, eux, t'avaient rejoint avant l'ouverture du colloque.

Sociologue, originaire des Antilles, métis comme toi, Marcel était plus qu'un collègue, un ami et un complice. Cet Antillais pudique à la voix de baryton m'a dit combien il t'aimait, « en tout bien, tout honneur », a-t-il cru devoir ajouter, après m'avoir raconté vos derniers échanges à Rome.

Bien que malade et fiévreux, tu les avais joyeusement accueillis dans l'appartement où tu logeais près de la Piazza Navona. Tu avais même préparé, comme tu savais si bien le faire, une fête en leur honneur chez des copains romains. Mais tu avais insisté pour qu'ils s'y rendent seuls, en disant que tu préférais te reposer et que, promis juré, tu consulterais un médecin le lendemain. En vérité, tu n'avais pas la force de les accompagner. À leur retour, tu n'étais plus là. De guerre lasse, tu avais fini par accepter d'être hospitalisé, tant ton mal empirait. Une ambulance était venue te chercher. Il faisait nuit déjà, une de ces douces nuits romaines de printemps, un clair-obscur de cinéma dans les rues désertes. En italien, cela s'appelle *una notte morbida*, un faux ami (*morbida* veut dire « douce ») et une vraie résonance avec ton état.

Le lendemain, à la première heure, Marcel et Alicia sont venus te voir à l'hôpital. Tu te voulais toujours rassurant et les as encouragés à faire un saut à Florence, comme ils l'avaient prévu. C'est là-bas, sur l'Oltrarno, la rive gauche de l'Arno, dans une immense chambre au plafond orné d'angelots en grisaille, avec vue romantique sur le fleuve, que la nouvelle les a trouvés. Ils se reposaient après une marche dans la ville quand le téléphone a sonné : « Ulysses vient de passer », leur dit-on. L'expression était précautionneuse et désuète. Pas « mort », trop brutal, pas « décédé », trop banal, juste « passé ». À la réflexion, ce mot convenait bien. Tel le furet de la chanson, passé par ici et qui repasse par-là, tu as traversé nos vies. Mais tu ne repasseras plus. Marcel a éclaté en sanglots. Il pleurait comme un enfant, inconsolable, désemparé.

Trois jours après y avoir été admis, tu es donc mort à l'hôpital Gemelli. Les antibiotiques n'avaient eu aucun effet. On apprit que tes défenses immunitaires étaient inexistantes et qu'une infection pulmonaire fulgurante t'avait emporté. Nous étions à l'âge des projets, la mort ne faisait pas partie de notre horizon. La tienne, stupéfiante, suscita des hypothèses nombreuses et plus ou moins hasardeuses. Peut-on mourir d'une pneumonie, la quarantaine à peine franchie, dans le plus grand hôpital de Rome ? Le secret médical, bien sûr, entourait ta disparition. Des médecins italiens ont néanmoins évoqué une *depressione fondamentale*, expression intrigante que j'ai d'abord comprise comme un équivalent de dépression immunitaire. Ce qui n'expliquait rien. En tout cas pas le fait qu'un homme vigoureux, apparemment en bonne santé, et même un peu replet dans ses pantalons étroits et ses chemises ajustées, se soit retrouvé si faible et littéralement sans défenses.

Denis, un autre de tes grands amis, m'a appris que certains psychanalystes français parlent, eux, de « dépression essentielle ». Une notion forgée par Pierre Marty, un des théoriciens de l'École psychosomatique de Paris. « Fondamentale », « essentielle », la profondeur de ces mots faisait écho à cet événement qui fracturait notre réalité. Voulant en savoir plus, j'ai cherché la description clinique de ce qu'ils désignent. Pierre Marty dépeint un état dépressif sans symptômes, qui s'accompagne d'une « pensée opératoire » centrée sur l'efficacité de l'action, une pensée binaire et dénuée d'imaginaire (un peu comme dans le syndrome d'Asperger). Au terme d'un long processus, cet état psychique, travaillé par le courant autodestructeur de la pulsion de mort, peut, explique-t-il, conduire à des maladies somatiques graves, comme des cancers ou des maladies auto-immunes[1]. Mon amie Sylvie, analyste et psychosomaticienne, m'a précisé que cela affecte des personnes solitaires, repliées, ayant beaucoup de difficultés à se lier. Cela ne collait pas du tout avec ton énergie communicative, ta

1. Pierre Marty, *La Psychosomatique de l'adulte*, Paris, PUF, 1990.

présence attentive et l'existence trépidante que tu menais. Ni d'ailleurs avec cette maladie infectieuse subite et ravageuse qui t'a tué.

C'étaient les années noires du sida. On y a pensé bien sûr. Mais l'idée a été rapidement balayée. Trop vite peut-être. Pour ce que nous en savions, tu ne faisais pas partie des populations considérées comme « à risque ». Tu n'avais pas non plus le corps amaigri et le visage émacié que j'ai vus chez des amis ayant cette maladie. Je continue néanmoins à me poser la question. Après tout, tu n'aurais pas été le seul à préférer taire un mal qui attisait peurs et préjugés. Et puis la pneumonie pneumocystique est une maladie opportuniste fréquente chez les personnes atteintes du VIH et fatale quand leur système immunitaire est très affaibli. Les soignants du service où tu te trouvais étaient si protégés, m'a-t-on raconté, qu'ils avaient l'air de scaphandriers. C'était le cas autrefois dans les services d'infectiologie, aujourd'hui peu nombreux d'ailleurs grâce aux antibiotiques et aux vaccinations. Cela arrivait, mais beaucoup plus rarement, pour le sida, dont la contagion suscitait encore craintes et fantasmes, même dans le milieu médical, en principe averti de ses modes de contamination.

Ce qui me trouble surtout, ce sont les propos étonnamment prémonitoires que tu as tenus peu avant ton départ pour l'Italie. Rencontrant Martin par hasard dans un autobus parisien, tu lui as annoncé, en rigolant m'a-t-il précisé, que tu allais « mourir d'une mauvaise grippe mal soignée ». Sur le moment, Martin n'y a pas prêté beaucoup d'attention. Ce n'était pas la première fois que tu racontais n'importe quoi, un rien provoc, un peu loufoque. Plus tard, il s'est souvenu de cette blague bizarre et pas drôle du tout. Il paraît que tu avais également communiqué ce souhait pour tes obsèques : que tes cendres soient dispersées sur le mont des Oliviers, en Israël. Tout cela est quand même étrange. La mort occupait donc ton esprit au point d'envisager des dispositions, à un âge où personne n'y songeait ? Elle rôdait et tu devais le savoir. Nous, on n'a rien vu venir.

Ton état s'est dégradé si vite que Lise, ton amie niçoise, professeure de français au lycée Masséna, qui t'admirait et t'aimait follement, arriva trop tard. La jeune femme, diaphane, discrète et passionnée en secret, repartit comme elle était venue, incognito, alourdie d'un incommunicable chagrin. Jusque-là, dans ta vie d'homme trop occupé par le travail et les voyages, Lise espérait garder une place à part. Rien de permanent, soit, mais des rencontres clandestines, régulières et enfiévrées. Cela lui convenait-il ou s'en contentait-elle, faute de mieux ? Je ne sais pas. Mais j'imagine sa solitude et son désarroi. Elle n'avait personne à qui se confier et plus personne à qui se vouer. On m'a dit, longtemps après, qu'elle s'était convertie au judaïsme en souvenir de toi. Notre groupe de collègues et amis ne t'a pas revu non plus. Nous avons décommandé notre voyage à Rome puisque ce colloque, auquel tu tenais tant, fut évidemment annulé.

Roger, ton mentor et ami, professeur de sociologie à Vincennes, était arrivé plus tôt, comme Marcel, pour profiter de quelques jours de vacances italiennes. Il apprit l'aggravation de ton état alors qu'il s'apprêtait, avec son épouse, à quitter la côte adriatique pour la capitale. Il eut juste le temps de te rendre une brève visite à l'hôpital. Tu étais manifestement épuisé. Ta voix basse, rauque, essoufflée, démentait tes efforts pour les rassurer. Le lendemain, tu étais mort. Il fallut prévenir tout le monde, prendre des dispositions, or rien n'est simple quand on meurt à l'étranger. Après de longues et pénibles formalités auprès du consulat français, Roger est rentré à Paris en train avec l'urne contenant tes cendres. Ce décès brutal, ces rencontres qui n'auraient plus jamais lieu, cette crémation qui effaçait toute dépouille, ce voyage insolite du maître chargé des cendres du disciple, tout était invraisemblable. Inadmissible, aussi.

Il faut que je te l'avoue : ton incinération m'est apparue comme une incongruité dérangeante, décuplée par ce retour en urne (si j'ose dire). J'ai pensé aux tribulations d'*Un certain Plume*, l'anti-héros d'Henri Michaux. Il ne te ressemble guère, mais il y a (à mes yeux) une même cocasserie dans vos périples ferroviaires. Léger comme son nom, à la limite de l'inconsistance, Plume prend les choses et les événements comme ils viennent, dans leur absurdité à la fois risible et sinistre. Toujours malmené, un peu comme Charlot, « il a fini par s'habituer, explique Michaux, il aime mieux voyager avec modestie », quelles que soient les conditions. Une fois ce fut avec sept cadavres, le hasard ayant mal fait les choses. Après s'être trompés de train, Plume et ses voisins de wagon avaient tué sept Bulgares d'un coup. Un meurtre en quelque sorte préventif, car, « les Bulgares, il ne faut pas s'y fier. » Ils partagèrent donc toute une nuit leur compartiment avec ces morts encombrants. Ceux-ci étant « bien plus secoués que les vivants », ils brinquebalaient. Il fallait alors les tenir fermement pour ne pas effaroucher deux nouvelles passagères et éviter les soupçons du chef de convoi. Finalement, tout s'est bien passé.

Pour toi également, sans doute. Je n'ai pas osé demander des détails à Roger, alors je me contente d'imaginer ce voyage, ton dernier. L'urne devait être dans une boîte. Et la boîte, où était-elle posée ? Par terre, entre les pieds des voyageurs ? Impossible, trop irrespectueux. Sur un siège passager ? Encore fallait-il qu'il y ait la place du mort, cela ne se réserve pas ! Alors dans le compartiment à bagages, bien calée entre deux valises ? C'est probable. Mais même ainsi, attention, on n'est pas à l'abri d'un incident malencontreux. Par exemple, un voyageur descendant avant le terminus qui tire d'un coup sec son lourd bagage et fait tout tomber. Tout, c'est-à-dire toi. Enfin, ce qu'il en reste. Il s'excuse, maugrée car il est pressé, te ramasse et te remet de guingois. Tu n'es pas trop pesant, heureusement. Comme Plume, tu voyages avec modestie. L'homme chargé, lui, se fait la malle. Quelle histoire !

Le poète et philosophe Benjamin Fondane, dans son immense poème *Ulysse* dédié à son beau-frère Armand Pascal, écrit dès la première strophe : « Armand ta cendre pèse si lourd dans ma valise[2]. » L'acteur et metteur en scène d'avant-garde Armand Pascal, qui avait quitté la Roumanie pour Paris en 1924, était l'époux de sa sœur aînée Line, actrice elle aussi. Il est décédé en 1929, laissant le poids de son absence dans ce contenant qui symbolise l'errance. Quatorze ans plus tard, Benjamin et Line furent tous deux internés à Drancy. Mobilisés par Geneviève Tissier (l'épouse de Fondane), Jean Paulhan, Emil Cioran et Stéphane Lupasco finirent par obtenir pour lui une autorisation de sortie du camp. Mais il refusa d'abandonner sa sœur. Déporté avec elle, il est mort à Auschwitz en octobre 1944. Chez Benjamin Fondane, visionnaire comme tous les vrais poètes, le héros de l'*Odyssée* devient la figure du paria : « Juif, naturellement, tu étais

2. Benjamin Fondane, *Le Mal des fantômes*, Lagrasse, éditions Verdier, 2006, p. 15.

juif, Ulysse[3]. » Son voyage est sans retour. On lui volera tous ses bagages.

En train, c'est certain, les cendres sont plus faciles à transporter qu'un défunt, même allongé dans un cercueil scellé. On dit aussi « plombé », je crois, comme les wagons plombés de la déportation. Associations, obsessions, désolée, je divague. Enfin, pas tout à fait. C'est que le sujet est sensible. Je ne peux m'empêcher de penser que la crémation, pour un Juif, est une option amnésique, une pénible dissonance par rapport au passé. Me revient, à ce propos, le souvenir d'une cérémonie commémorative organisée en septembre 1981 par la société des Juifs originaires de Plock (Pologne) au cimetière de Holon, dans une banlieue de Tel-Aviv. Plock est la ville où est né mon père. Le monument que nous devions inaugurer ce jour-là, œuvre d'Esther Eisen, une artiste israélienne, représentait un four crématoire. La sculpture, nous dit-on, était fondue dans un alliage d'aluminium imitant la pierre. Du socle

3. *Ibid.*, p. 20.

du four au sommet de la cheminée, sept strates de faux moellons représentaient les sept siècles de vie de cette communauté ; les flammes sortant du conduit dessinaient en caractères hébraïques le nom de la ville et de ce nom coulait, telle la cire d'une chandelle, un pointillé de larmes.

Ce réalisme kitsch avait quelque chose d'obscène. On ne remplace pas la perte par de hideux postiches. J'imaginais un antimonument, un trou dont on ne verrait pas le fond, une sorte de cratère mais à ras de terre, un volcan plat, en somme. C'était peut-être à cause des flammes, ou bien à cause des cendres. Il y en avait d'ailleurs, dans un coffret placé à l'intérieur d'une cavité ménagée à la base du monument et fermée par un volet. J'appris à cette occasion qu'il existait une sorte de banque de cendres en Pologne, à laquelle des associations comme celles-ci pouvaient s'adresser pour leur cérémonie. Difficile de dire ce qui était le plus gênant : le recours pathétique à cette infime matérialité des restes ou le caractère prosaïque de cet organisme de dispersion contrôlée. Fallait-il payer pour ça ? Encore une question que je n'ai pas osé poser. Ni cette autre qui m'est venue après : qu'est-ce qui pèse plus lourd, un kilo de cendres ou un kilo de plomb ? Mais celle-là, j'en connais la réponse : l'un et l'autre équivalent une tonne de chagrin.

Quatre ans plus tôt, lors des obsèques de Georges Friedmann en novembre 1977 au crématorium du Père-Lachaise, je me souviens m'être dit nettement et pour la première fois : les crématoires pour les Juifs, ça suffit ! Il m'est arrivé de le proclamer depuis, comme un défi, devant des interlocuteurs plus ou moins mal à l'aise. J'en rajoute parfois en expliquant que j'aimerais faire un petit investissement immobilier, de préférence au cimetière du Montparnasse, en bonne compagnie et dans les beaux quartiers, mais que, hélas, c'est surbooké ! Cela jette un léger froid qui ne me déplaît pas. J'affectionne cet humour noir que j'appelle « couleur sang séché », c'est autant une protection qu'une provocation. Je ris intérieurement de la gêne occasionnée. Selon mon ami Léon, la veuve de Georges Friedmann, serrant l'urne contre elle dans le fourgon funéraire au sortir du crématoire, aurait dit à une proche : « Touchez, il est encore chaud ! » Marcelle Friedmann était réputée pour ses chapeaux élégants et ses sorties décoiffantes qui épataient Georges. « Elle est bien bonne, celle-là. Marcelle, permettez que je note », disait-il, joignant le geste à la parole. Évidemment, c'était trop tard pour lui cette fois. Je soupçonne le facétieux Léon d'avoir inventé cette histoire, mais peut-être pas, après tout. Quoi qu'il en soit, elle nous a bien amusés. J'ai été battue, ce jour-là, dans le registre savoureux mais ô combien délicat de l'ironie macabre.

Après ton décès, cher Ulysses, personne n'avait le cœur à rire. Tout au plus à sourire lors de la cérémonie juive organisée par ton ami Denis, tant elle était baroque. La salle de Malakoff qui servait d'oratoire aurait pu aussi bien être une salle de patronage, n'était sur la petite table, devant quelques bancs alignés, un tissu de velours bleu nuit brodé d'une étoile de David dorée, qui glissait irrémédiablement chaque fois qu'on le remettait d'aplomb. Du coin de l'œil, nous guettions ce gag à répétition qui détendait l'atmosphère. Il y avait là une douzaine d'amis. Plusieurs t'ont rendu hommage, évoquant ton humour et ta générosité. Puis, comme il n'y avait pas dix hommes pour le *mynian* – le groupe de prière selon la tradition –, Denis a dit : « Pour Ulysses, Dieu acceptera les femmes ! » Tout le monde a souri. L'idée que pour toi, le séducteur impénitent, l'Éternel se montrait compréhensif, ne manquait pas de saveur. De toute façon, personne n'était croyant, toi non plus d'ailleurs. Deux ou trois hommes avaient sorti des kippas, les autres étaient tête nue. On avait juste besoin d'un rituel pour marquer le coup et cette petite assemblée mixte et hétérodoxe était adaptée.

Ensuite, nous sommes allés dans un bistro pour continuer à parler de toi et échanger les souvenirs. Nous t'aimions pour ta fantaisie, ta gentillesse, ton charme. Tu nous impressionnais également par ton expérience et ta vie mouvementée de double minoritaire tombé de la Grosse Pomme. Un Juif noir new-yorkais nommé Ulysses Moïse (Ulysses avec un « s », à l'américaine, évidemment), ce n'était pas banal. Ton prénom de héros grec et ton nom de prophète hébreu annonçaient un destin hors du commun. Les héros, souvent, meurent jeunes. Mais là, pour toi, pour nous, c'était vraiment trop tôt ! Tu venais d'entrer dans la quarantaine et avais des projets en pagaille. Avec ton allure de dandy et tes étonnants récits, tu étais un être singulier et très attachant. Tellement attachant qu'on te prenait tel quel, sans trop se poser de questions sur les ahurissantes péripéties de ta vie agitée.

Monique a entrepris d'appeler quelques amies et collègues de la Maison des sciences de l'homme avec qui, pensait-elle, tu avais eu une liaison, pour leur annoncer ta mort. Elle a très vite renoncé après avoir eu au bout du fil des femmes étonnées qui te connaissaient à peine, voire pas du tout. Roger a eu le même genre de surprise avec Habermas. Il lui a téléphoné pour le prévenir : « Moïse, votre disciple, est mort. » Après un moment de perplexité, le philosophe s'est vaguement souvenu que quelqu'un lui avait demandé de signer un papier pour une bourse à ce nom. C'était bizarre mais, ébranlés par ta disparition, on n'y a pas prêté attention. On s'en est souvenu plus tard.

Quand, deux mois après tes obsèques, on a découvert que tu n'étais ni juif, ni américain, et que les nombreux épisodes de ton existence aventureuse étaient tous inventés, on est vraiment tombé des nues. Depuis, chacun fait le malin, ou chacune la maline, en disant ne pas avoir été dupe. Elles sont un peu faciles, ces lucidités rétrospectives ! Oui, il y avait parfois des perplexités sur telle ou telle anecdote, des soupçons d'exagération, des incrédulités, même. Mais bon, on était des amis, pas des inquisiteurs. Alors on t'acceptait tel que tu te montrais. Qui étais-tu vraiment ? Je me le demande encore, et je ne suis pas la seule. Il y a tant de choses qu'on ignore à ton propos. Tu as laissé derrière toi un sillage de textes, d'expériences ébouriffantes et quelques mystères, celui de ta mort d'abord et puis celui de ta « vraie vie », si tant est que l'on puisse le dire ainsi.

Bien longtemps après, j'ai voulu remonter ce sillage. Je suis partie à ta rencontre, en fouillant ma mémoire, en interrogeant les amis, en suivant les fils emmêlés de tes vies. Les fils des nôtres également. Cela fait plus de trente ans que tu as disparu, mais personne ne t'a oublié, tu sais. Il suffit de solliciter les souvenirs pour qu'ils remontent, comme une marée charriant son lot de débris et de merveilles. Je ne cherche pas vraiment à faire le tri dans les nombreux récits, parfois contradictoires, que j'ai recueillis. Tu as brouillé les pistes, chapeau l'artiste ! Permets que je les brouille moi-aussi. La véridique histoire d'Ulysses Moïse est bien sûr elle aussi un tour d'illusionniste. Te voilà pris dans les filets de l'enquête et les mailles de la littérature.

Si au terme de ce livre dont tu es le héros, il reste des zones d'ombre, tu pourras m'aider à y voir clair. On dit que les morts ne mentent jamais. Mais au fait, es-tu vraiment mort ? Tous les doutes, ici, sont permis.

Nanterre La Folie

N'en déplaise à Nizan, avoir vingt ans à Nanterre autour de 1968 était bien le plus bel âge de la vie. Celui où tout semblait possible : « transformer le monde » selon Marx et « vivre sans entraves » selon les situationnistes. Bref, se forger un destin à la mesure de nos désirs. Les tiens, Ulysses, étaient immenses. Beau garçon noir venu d'Amérique et lesté d'une solide expérience politique, tu avais sur nous, qui pour la plupart sortions tout juste des lycées bourgeois de l'Ouest parisien, une longueur d'avance. Tu pouvais te prévaloir d'engagements valeureux et d'aventures étonnantes. Cela nous impressionnait.

Plus que tout, ton refus d'aller combattre au Vietnam forçait notre respect. Nous manifestions contre l'impérialisme américain, sa puissance militaire et les tapis de feu de ses bombes au napalm. Nous dénoncions ses crimes et tenions des meetings en solidarité avec le peuple vietnamien. Dans de nombreux pays, la jeunesse se mobilisait à l'unisson. Toi, tu n'avais pas voulu participer à cette sale guerre et avais préféré déserter, à tes risques et périls. Chapeau bas, camarade ! Nous n'étions que des militants, tu étais un véritable héros. Comment avais-tu fait ? Quel circuit avais-tu pris pour arriver à Paris ? Tes récits, bien qu'un peu flous, étaient époustouflants. Au prestige qui t'auréolait s'ajoutait un voile de mystère. Même les trous dans ton odyssée nous faisaient rêver.

Tu avais dû affronter bien des tempêtes. On t'a donc accueilli à bras ouverts, comme plus tard seront reçus ceux qui arriveront du Chili ou d'Argentine, fuyant dictatures et répressions. D'autant plus qu'une autre lutte grandissait encore ta réputation, celle du mouvement noir américain. L'obtention des droits civiques et du droit de vote n'avait guère changé la pauvreté et l'oppression de la population noire, ni le racisme omniprésent, ni les violences policières. D'où la radicalisation de la jeunesse afro-américaine et la création, en octobre 1966, du Black Panther Party (BPP), au sein duquel tu comptais de célèbres amis. Lesté d'un tel passé, tu pouvais te permettre de brocarder les débats de nos diverses chapelles de jeunes révolutionnaires nanterrois.

La fac était une agora effervescente. C'était son principal attrait. On arrivait de Paris par une petite gare dont la pancarte annonçait : *La Folie – Complexe universitaire*. Tout un programme ! De là, il fallait traverser une zone de terrains vagues boueux en hiver, bordée d'un vaste bidonville qui abritait jusqu'à quatorze mille Algériens, dans la misère et l'insalubrité. Un des quatre-vingt-neuf bidonvilles que comptait alors la région parisienne. À cette époque, l'industrie automobile avait besoin des immigrés. Leurs besoins, en revanche, n'avaient guère d'importance. Au bout du chemin, des cubes de béton, reliés par un long couloir, se dressaient au milieu de nulle part. Aucun bistro alentour, sinon le triste et minuscule café kabyle en bordure des baraquements, avec ses trois tables en formica jaune.

L'éloignement de cette université, construite en hâte pour désengorger la Sorbonne, a sans doute favorisé le bouillonnement d'une vie interne, entre la cafétéria, les réunions politiques enfumées, les cours, les assemblées générales, le ciné-club (que j'animais avec fougue) et, pour les résidents, la cité universitaire. Tout ce qui mobilisait alors une partie de la jeunesse étudiante – la réforme Fouchet des universités, les règlements archaïques des résidences universitaires interdisant la présence de garçons dans le bâtiment des filles, sans compter les luttes sociales et, plus encore, la guerre du Vietnam – tourbillonnait dans cet espace à la fois isolé et ouvert sur le monde. Nous étions révolutionnaires et internationalistes. Les luttes minoritaires, les revendications régionales, les interrogations identitaires et l'exploration de la mémoire juive sont venues plus tard. À l'époque, comme la plupart de mes camarades, je ne m'intéressais pas à ma judéité, qui n'était pas encore un sujet de questionnement. Quant à toi, tu ne te prétendais pas juif.

Inscrite en philosophie, je suivais avec appétit les cours de Paul Ricœur sur Hegel ou ceux de Mikel Dufrenne en esthétique. Mais, saisie par la politique en gagnant les rangs des Jeunesses communistes révolutionnaires (JCR) d'obédience trotskyste, j'ai finalement rejoint le département de sociologie, cœur du réacteur militant, où enseignait notamment le sociologue marxiste Henri Lefebvre. C'est là que je t'ai croisé pour la première fois. Avec ton allure de dandy, tu ne passais pas inaperçu. Cette élégance contrastait avec la sobriété discrète de ton amie Sylvianne, militante de Lutte ouvrière (LO), dont tu te moquais gentiment. « Que va-t-elle faire dans cette galère sectaire ? », demandais-tu, forçant ton air perplexe en haussant les sourcils. En vérité, ce n'était pas seulement avec LO, mais avec toutes les organisations d'extrême gauche que tu gardais tes distances, malgré ton marxisme revendiqué. Quelque chose te retenait. Une méfiance à l'égard des collectifs, peut-être. Car, à l'évidence, seules les relations interpersonnelles et la théorie comptaient pour toi. Enjoué, curieux des autres, attentif, tu aimais tisser des liens exclusifs. Grand lecteur de philosophie politique, considérant la littérature comme un genre mineur, tu faisais, comme le disait joliment Sylvianne, « de la théorie de façon vivante et "enlittératurée" ». Bref, tu étais beaucoup plus charmant que les camarades austères de Lutte ouvrière, et elle avait le béguin pour toi.

L'amour était dans l'air mais l'heure était au militantisme. Quitter le ciel des idées pour la pâte sociale s'imposait, faire la révolution et bousculer la société était enivrant. Dans cette perspective, on discutait jusque tard dans la nuit et on lisait jusqu'à plus soif. « Tout est dans Marx ! », clamais-tu, en montrant un exemplaire fatigué de *La Guerre civile en France*. Ce livre, qui célébrait la Commune, faisait partie de nos bréviaires. Comme *Le 18 Brumaire de Louis Bonaparte*, dénonçant un bonapartisme qui caractérisait parfaitement, à nos yeux, la Vᵉ République du général de Gaulle. Nous dévorions également tous les ouvrages de la galaxie révolutionnaire. Ceux de Trotsky, bien sûr, pour mes camarades et moi. En particulier *Ma vie*, le grand récit autobiographique de ce perdant prophétique. Nous le défendions farouchement face aux libertaires qui lui reprochaient l'écrasement du soulèvement des marins de Kronstadt en mars 1921 (ils n'avaient pas tort). D'autres, imbattables sur la longue marche de Mao, brandissaient le *Petit Livre rouge* et nous traitaient de petits-bourgeois. Convoquant les révolutions comme si c'était hier, nous étions des exégètes enthousiastes, curieux du monde, saturés d'histoire et divisés par des débats vigoureux autant qu'interminables.

Tombé dans cette vibrante marmite politique avec un regard critique venu d'ailleurs, tu te gaussais de nos prétentions juvéniles. Tu n'appréciais pas trop non plus l'éclectisme de nos intérêts intellectuels. Car à côté des textes canoniques, les ouvrages des situationnistes, le *Traité de savoir-vivre à l'usage des jeunes générations* de Raoul Vaneigem et *La Société du spectacle* de Guy Debord, stimulaient notre insolence créative. Sans compter *La Fonction de l'orgasme* de Wilhelm Reich, circulant en traduction pirate et polycopiée, et les livres d'Herbert Marcuse, *Éros et civilisation* et *L'Homme unidimensionnel* qui, à la croisée de Marx et de Freud, attisaient nos curiosités. Pour une raison mystérieuse, tu te méfiais du second et de sa vivante postérité. L'évocation de la psychanalyse provoquait immanquablement tes quolibets acerbes. À une époque où l'analyse était souvent considérée comme un mode privilégié de connaissance de soi, cette résistance virulente était surprenante. Mais c'était ton droit, après tout. Et puis, au diable les méandres de la psyché quand les événements nous empoignent !

S'il y a eu des prémices, tout s'est accéléré ce soir du 22 mars 1968, quand nous avons occupé la salle du conseil de l'université au dernier étage du bâtiment administratif. Tu aimais tant être au centre des moments importants et tu as manqué celui-là ! Je t'ai appelé en vain pour que tu nous rejoignes. Mais, déjà au lit, tu n'avais aucune envie d'en sortir. Difficile, bien sûr, de deviner que cette occupation prendrait un caractère inaugural. C'est la déveine des couche-tôt ! On en a blagué. Toi, l'insomniaque, tu avais préféré les bras de Morphée à ceux de la Révolution et moi, la marmotte, j'étais restée éveillée jusqu'à pas d'heure. Nous étions cent quarante-deux et réclamions la libération de plusieurs camarades accusés d'avoir brisé les vitres du siège d'American Express à Paris, lors d'une manifestation contre la guerre du Vietnam. Ils furent relâchés, nous quittâmes les lieux tard dans la nuit, mais le mouvement du 22 mars était lancé. L'événement a été abondement raconté et documenté, inutile d'y revenir. Je me méfie des propos d'anciens combattants comme des mémoires à éclipses. Plus tard, tu affirmeras avoir participé à cette soirée devenue historique, sans doute en le croyant sincèrement. Moi je sais bien que ce n'est pas vrai. Gare au témoin !

À ton aura de déserteur s'ajoutait une réputation de « tombeur » que tu entretenais en racontant tes nombreuses conquêtes. Est-ce ainsi que tu as séduit Sarah ? En partie. Elle avait trente ans, un sublime teint de porcelaine sous une épaisse chevelure auburn et enseignait la sociologie politique, avec la radicalité enthousiaste de ces années-là mais d'une voix particulièrement douce. Sarah était une *pasionaria* de velours, elle l'est toujours. La première fois qu'elle t'a vu, en 1970, tu avais vingt-trois ans et faisais partie de ses étudiants. « Un jeune type très mince, très beau, très intelligent », se souvient-elle. Plus tard, tu deviendras, brièvement, son amant. Cela ne portait pas à conséquence.

Entretemps, tu avais obtenu ta licence de sociologie. À vrai dire, ce n'était pas un exploit, même en débarquant de l'étranger, tant les professeurs se montraient généreux dans leur façon de noter. Tout était remis en cause : la famille, la sexualité, le rapport à l'État, à l'institution universitaire, à l'autorité, au savoir... Dans ces conditions, prétendre évaluer et, pis encore, noter, n'avait pas grand sens. Les cours étaient souvent interrompus par la tenue d'assemblées générales dans des amphithéâtres bondés et fébriles. On pensait qu'en faisant de la sociologie critique on préparait la Révolution. Dans l'esprit de 68, les enseignants étaient proches des étudiants et les débats allaient bon train. Sarah, un rien nostalgique, raconte « un fonctionnement quasi familial, voire endogamique ». Dans son département, au troisième étage du bâtiment B, ils formaient un groupe soudé, échangeaient beaucoup, se voyaient toute la journée, mangeaient souvent ensemble et se retrouvaient dans les mêmes manifs et les mêmes fêtes. Le tutoiement allait de soi, évidemment. C'était gai et vibrant. Plus gai qu'au premier étage, chez les philosophes, où se retrouvaient les élèves d'Althusser, rebaptisés par quelques facétieux sociologues les « Althusserariens ».

Au milieu de ces étudiants fiévreux et volubiles (surtout les garçons, les filles prenant moins souvent la parole), tu détonnais tant tu étais différent. Tout le monde avait envie d'être gentil avec toi, d'autant que tes soucis d'élocution et d'expression forçaient la sympathie. Car, comble de malchance, tu étais un conteur bègue et un théoricien dysgraphique ! Ce bégaiement, qui parfois devenait insurmontable, captait l'attention : il fallait prêter l'oreille, te deviner à demi-mot. C'était dur pour toi bien sûr et pénible pour ton auditoire, donc pas question d'aggraver les choses en te faisant répéter. J'ai remarqué que plus tu avais du public, plus ton handicap s'accentuait. Tes problèmes d'écriture suscitaient également la sollicitude, il y avait toujours quelqu'un parmi les étudiants pour réécrire tes textes. Une entraide d'autant plus naturelle qu'à l'époque on n'avait pas le sens de la propriété intellectuelle, ni des autres d'ailleurs. La jalousie était mal vue. La propriété, quelle qu'elle soit, c'était bon pour les petits-bourgeois ! Pour nous, les idées, les écrits, tout était collectif.

Avais-tu conscience de ce mélange de fascination et de bienveillance qui t'entourait ? Oui, je crois. Tu déployais ton charme et dispersais tes récits à l'envi, en dépit des mots sur lesquels souvent tu butais. Tu te livrais en une sorte de « dépense », au sens où l'entendait Georges Bataille, cet autre auteur brillamment transgressif que nous lisions alors avec délectation. Tu te donnais, te dilapidais, t'offrais en mille expériences ébouriffantes et tu recevais, comme une sorte de contre-don, notre admiration et nos soutiens amicaux. Ta singularité et ta popularité étaient telles que beaucoup s'en souviennent encore. Certains, néanmoins, ne te prenaient pas très au sérieux. Jean Baudrillard, par exemple, souriait, amusé mais peu convaincu par ton personnage de marxiste dandy. Quant à René Lourau, assistant d'Henri Lefebvre, pas beaucoup plus vieux que les étudiants et chevelu comme eux, qui déconstruisait les institutions d'un air soucieux, il était dubitatif sur tes déclarations de « radical chic ». Que veux-tu ? Même très généreux de sa personne, on ne peut pas séduire tout le monde...

Sarah, elle, était sous le charme. Tu t'es rapproché de cette belle enthousiaste en lui racontant des histoires qui la faisaient complètement rêver, notamment sur le fait que tu gagnais en partie ta vie comme mannequin. Cela expliquait le soin que tu portais à ton apparence. Elle se souvient encore de cette veste en velours turquoise, d'une audace folle, que tu arborais sur des pantalons étroits. Un « sapeur » avant l'heure, osant une fantaisie très inhabituelle à l'époque. On ne pouvait vraiment pas te manquer au milieu des autres, des garçons surtout, dont les vêtements étaient si sombres et ternes à côté des tiens. Sarah écoutait avec plaisir les anecdotes sur ta vie de mannequin : les caprices des photographes, les contraintes du métier, comme ce maquillage épais qui te séchait la peau et t'obligeait à mettre des crèmes.

Tu lui parlais du milieu de la mode, des personnages extravagants que tu fréquentais, des séances de *shooting* qui duraient des heures, des beaux habits laissés en cadeau après les séances photo. Cela tombait bien, du plus loin qu'elle se souvienne, Sarah a toujours adoré les fringues. Quand elle était enfant, sa mère l'emmenait aux défilés de haute couture et elle était attirée par les coulisses, d'où émergeaient ces longues femmes élégantes au déhanchement nonchalant. Comme si tu le pressentais, tu lui décrivais le *backstage* et tout ce qui s'y passait. Plus tu entrais dans les détails, plus elle était captivée. Ce genre de complicité, les femmes l'ont plus facilement avec leurs amis gays. Les autres hommes ne sont pas intéressés, *a fortiori* dans ces milieux intellectuels et politisés. Mais toi, tu pouvais faire le grand écart : commenter les *Grundrisse* de Marx et discuter chiffons avec une égale compétence. Un talent rare. Le privé était politique, soit, mais pas la futilité tout de même !

La libération sexuelle, en revanche, était à l'ordre du jour. Or tu avais vécu d'incroyables aventures amoureuses. La plus extraordinaire étant celle d'une ardente liaison avec l'actrice mexicaine María Félix. Cette idole du cinéma hispanique des années 1950-1960, la somptueuse Inès dans *La fièvre monte à El Pao* de Luis Buñuel, avec Gérard Philipe, avait aussi tourné en France (notamment sous la direction de Jean Renoir dans *French Cancan*, avec Jean Gabin). Elle avait trente ans de plus que toi, puisqu'elle est née en 1914. Qu'importe ! Quand, à cinquante ans, elle a joué Diana dans *Amor y sexo* de Luis Alcoriza (d'après *Sapho* d'Alphonse Daudet), elle était toujours d'une beauté éblouissante, comme plus tard dans *La Valentina*. Elle pouvait sans aucun doute fasciner et séduire un tout jeune et beau mec comme toi. « Cela a été une expérience d'une folle sensualité », avais-tu raconté à Sarah, fascinée, quoiqu'un peu étonnée. Comment vous étiez-vous rencontrés ? Mystère. La grande Félix a eu quatre maris, plus quelques amants notoires. Diego Rivera a voulu quitter Frida Kahlo pour elle, avant de se raviser. Que venais-tu faire dans l'histoire de la star ? Une effraction bizarre, une passade peut-être. Quoi qu'il en soit, les récits de tes amours torrides avec elle amusaient Sarah, qui était alors enceinte de son premier enfant.

Mais quand tu t'es déclaré éperdument amoureux, ajoutant que plus elle était grosse, plus tu la désirais, elle ne t'a pas pris au sérieux. C'est quelque temps après, quand elle s'est séparée de son époux pour vivre seule, que vous avez eu une brève aventure. « Sarah a beaucoup compté pour moi, m'as-tu confié un jour, elle a été un des grands amours de ma vie. » Tu serais sans doute vexé d'apprendre que ses souvenirs de cette liaison ne sont pas à l'unisson : « Une petite histoire, vraiment trois fois rien. Et cela ne m'a pas laissé forte impression... » En plus, elle était alors amoureuse de quelqu'un d'autre. Dans la liberté sexuelle toute nouvelle de l'époque, on multipliait les expériences en considérant que cela n'avait pas grande importance. Vous étiez amis, vous avez été un temps amants, voilà tout.

Ce qui est plus étonnant, c'est l'impression qu'a eue Sarah de ne jamais t'atteindre vraiment : « Normalement, quand on couche avec quelqu'un, on le découvre au moins un petit peu, même si ce n'est pas la grande passion, mais là, rien ! Cela restait complètement lisse. Il avait un charme extraordinaire. Mais cela glissait, rien n'accrochait. Il y avait en lui une sorte de flou. » En l'écoutant dire cela de sa voix douce m'est revenu l'écho de celle, cristalline, de Jeanne Moreau chantant dans *Le Blues indolent* : « Une étreinte vague entre deux êtres vagues vagues / C'est un peu renier le néant. » Une chanson triste. Quel vide reniais-tu, cher Ulysses, dans les bras de la belle Sarah ? Je l'ignore. En tout cas, qu'elles soient amantes ou amies, tu adorais la complicité des femmes, leur écoute, leur proximité indulgente.

Tes amitiés masculines, plus prudentes, demandaient de l'apprivoisement. « J'aime les mecs sans griffes », m'as-tu dit un jour. L'expression, singulière, m'avait frappée. Aux grands fauves et autres prédateurs munis de serres, tu préférais donc les hommes-chats à pattes de velours, les doux qui n'ont pas peur de l'être, ceux que les durs rejettent.

En écho me reviennent ces vers d'Aimé Césaire dans *Cahier d'un retour au pays natal* :

Comme il y a des hommes-hyènes et des hommes-
panthères, je serais un homme-juif
un homme-cafre
un homme-hindou-de-Calcutta
un homme-de-Harlem-qui-ne-vote-pas[1]

1. Aimé Césaire, *Cahier d'un retour au pays natal* [1939], Paris, Présence Africaine, 1988, p. 20.

Un homme minoritaire en somme, un méprisé, un opprimé. Un homme-femme, pourquoi pas ? Sous cette dépense par laquelle tu t'offrais en partage affleurait une fragilité. Je me souviens combien tu étais susceptible et pouvais te sentir rapidement jugé ou mal considéré. Disons-le : tu prenais la mouche pour un rien. De mauvais souvenirs liés à l'expérience de la condition noire en Amérique pouvaient expliquer cette sensibilité à vif. Mais il n'y avait pas que cela. On avait l'impression que certains jeunes gens te semblaient menaçants.

Ainsi tu n'aimais pas Omar, notre copain sénégalais, qui avait des grands yeux de chat (pour les griffes, je ne sais pas). Était-ce en raison de son engagement à l'Union des jeunesses communistes marxistes-léninistes, l'UJC(ml), d'obédience maoïste ? J'en doute. Car ce garçon intelligent et secret, normalien à Saint-Cloud, féru de philosophie marxiste et membre du mouvement du

22 mars, n'était pas sectaire comme certains de ses camarades maos. Il fréquentait trotskystes ou anarchistes, sans préventions ni anathèmes. Parmi ses amis, il y avait deux membres des JCR : Camille, un rouquin filiforme fan des films de Bergman et de la philosophie sartrienne et Marc, un beau garçon fantasque, amoureux de Rosa Luxemburg et fou de piano. Il y avait également des « inorganisés » plutôt libertaires comme Yves, joyeux tribun à la tignasse bouclée ou Harry, tête de hulotte et humour ravageur. Un jour, alors que je te demandais pourquoi tu n'étais pas copain avec Omar, tu m'as répondu sèchement : « Bon, il est noir, moi aussi, et alors ? » Franchement, ce n'était pas la question et personne n'y songeait.

Au fond, je crois que tu étais jaloux car il avait des atouts que tu ne possédais pas. D'abord, un cursus français parfait : Lycée Montaigne, puis Louis-le-Grand, les classes préparatoires et Normale Sup à Saint-Cloud où il avait noué de précieuses amitiés. Ensuite, une petite notoriété au cinéma, grâce à *La Chinoise*, le film de

Jean-Luc Godard tourné en 1967. C'est Antoine Gallimard, condisciple et ami au lycée Montaigne, qui l'avait présenté à Anne Wiazemsky, alors compagne du cinéaste. Il y a joué son propre rôle, celui d'un étudiant africain de Nanterre, logeant à la cité universitaire, militant dans un mouvement maoïste, qui se moquait un peu de ses camarades bourgeois et prochinois. Il a ensuite tourné à Londres à l'été 1968, dans deux films de l'underground britannique, confidentiels mais chics. Le premier est un court-métrage de Godard, *One + One* autour de l'enregistrement par les Rolling Stones de *Sympathy for the Devil*, où il apparaît ainsi qu'Anne Wiazemsky et quelques membres du Black Panther Party dans des simulacres de combat. Le second est un court métrage expérimental de Simon Hartog, *Soul in a White Room*, qui ne comporte que deux séquences. On y voit des mains féminines blanches pétrir un dos d'homme vêtu d'un pull, puis des mains masculines noires caresser les fesses nues d'une femme blanche. « J'ai jamais vu un truc aussi nul que ce recto verso sans queue ni tête », avais-tu ronchonné. Ce n'était pas un grand moment de cinéma, j'en conviens volontiers. Cependant, ton irritation était disproportionnée.

Avec ses aventures dans la galaxie de la contre-culture et ses tribulations dans les allées de la Révolution, Omar te volait la vedette. Ses contacts avec les Black Panthers (dont tu n'avais plus l'exclusivité), ses liens avec des jeunes de la bonne société intellectuelle parisienne, ses amours avec la belle Marlène qui expiait sa condition d'héritière dans un ouvriérisme sacrificiel, tout, vraiment tout en lui t'agaçait. Même sa dégaine dans *La Chinoise*, avec son pull rouge comme pour annoncer la couleur. « Évidemment, il faut que le Noir se détache », avais-tu lâché. Ces remarques acerbes ne te ressemblaient pas. Elles trahissaient de l'envie ou du dépit, car tu ne faisais pas partie des mêmes circuits amicaux et sociaux. Tu lui as également reproché de ne pas avoir protesté, à l'instar de son camarade Daniel Cohn-Bendit, quand Léopold Sédar Senghor a reçu le prix de la Paix des libraires allemands en République fédérale d'Allemagne (RFA) le 22 septembre 1968, à la Foire du livre de Francfort. Dany n'avait pas tort : Senghor, avec l'aide de la France, avait réprimé le Mai 68 sénégalais, avant de se résoudre à négocier. Mais, au vu de ce qui est arrivé cinq ans après à Omar, la critique s'est avérée vraiment injuste.

Occuper la salle du conseil de l'université en scandant « Libérez nos camarades » était une action sans grand danger. Passer à l'action directe pour libérer ses frères incarcérés au Sénégal était autrement plus risqué. L'action en question, l'enlèvement de l'ambassadeur de France à Dakar afin de l'échanger contre les prisonniers, est restée à l'état de projet. Mais un projet évoqué dans un courrier compromettant échangé avec un de ses frères. Ce qui a valu à Omar une condamnation à trois ans d'emprisonnement pour « atteinte à la sûreté de l'État ». Quand nous avons appris que le 11 mai 1973 il avait été retrouvé mort, pendu dans sa cellule de la prison de l'île de

Gorée, nous fûmes aussi choqués qu'incrédules. Il avait vingt-sept ans. Personne ne croyait à cette histoire de suicide, ni la famille, ni les amis, ni la jeunesse sénégalaise qui a manifesté en masse en apprenant la nouvelle. Tu as résumé le sentiment général : « Omar combattait le néocolonialisme, il a été assassiné par les sbires de Senghor. » Mais quand tu as ajouté « c'était mon ami », une fois encore tu as un peu réécrit l'histoire.

On a su plus tard que le père d'Omar, médecin, qui avait vu le corps de son fils avant qu'il ne soit enterré discrètement, avait réclamé une enquête. Celle-ci a failli aboutir, le doyen des juges d'instruction chargé de l'affaire, Moustapha Touré, avait décidé d'inculper deux gardiens de coups et blessures ayant entraîné la mort. Mais il a été dessaisi du dossier, l'affaire a été enterrée et l'est restée, en dépit des demandes de la famille et de ceux qui militaient pour obtenir la vérité. Difficile de ternir l'image de Senghor, le poète, le chantre de la négritude, le grand ami de la France, l'ancien député français devenu premier président du Sénégal indépendant. Le régime autoritaire, le parti unique, la répression des opposants sont passés aux oubliettes. Enfin, pas tout à fait.

Les pouvoirs ont beau faire, la mémoire des vaincus est obstinée. Tu serais surpris de voir à quel point celle d'Omar ressurgit aujourd'hui. Consécration de militant, il y a une notice à son nom, rédigée par Florian Bobin, dans le Le Maitron[2] (le dictionnaire biographique du mouvement ouvrier et du mouvement social). En 2021, la famille a demandé la réouverture de l'enquête. Elle n'est pas seule à se souvenir de lui et à réclamer justice. Au Sénégal, Omar est devenu un symbole de résistance pour l'opposition sénégalaise et plus généralement la jeunesse urbaine radicale. Son portrait est affiché en toile de fond des réunions du Front pour une révolution anti-impérialiste populaire et panafricaine

2. https://maitron.fr/spip.php?article242256, notice BLONDIN DIOP Omar par Florian Bobin, version mise en ligne le 25 août 2021, dernière modification le 27 septembre 2021.

(Frapp). Son visage sérieux mais éternellement jeune s'étale sur une fresque murale aux côtés d'autres figures militantes. Des rappeurs chantent son histoire.

Et, cinquante ans après, le cinéma qui l'avait fait (un peu) connaître contribue à le faire reconnaître. Deux films lui ont été consacrés en 2021. J'aurais aimé les visionner avec toi. Le premier, *Omar Blondin Diop, un révolté*, a été réalisé par Djeydi Djigo, un jeune documentariste sénégalais. C'est un film-enquête très maîtrisé, qui restitue l'histoire à travers les récits de nombreux témoins, les frères et les parents d'Omar, ses anciens camarades en France et au Sénégal, l'avocat de la famille, le doyen des juges d'instruction du Sénégal et même un des gardiens de la prison à l'époque. Les images en couleurs de manifestations récentes dans les rues de Dakar y font écho aux images d'archives en noir et blanc de celles de Paris en 1968, dans une traversée du temps. Le second, *Juste un mouvement*, œuvre du réalisateur et plasticien belge Vincent Meessen, rend hommage à Omar à travers une adaptation libre de *La Chinoise* de Godard, située cinquante ans plus tard à Dakar. C'est en même temps une réflexion cinématographique singulière et subtile sur la politique et la création. Dans ces deux films de facture très différente, même si certains témoins, inévitablement, sont les mêmes, le cinéma ravive un passé plein d'à présent pour les jeunes générations. Et, dans l'un comme dans l'autre, il y a très peu d'images d'Omar : la photo en noir et blanc où il lit, devenue une référence iconographique reprise sur les affiches et les portraits, un extrait d'archives filmiques en noir et blanc également où on l'aperçoit à la Sorbonne en 1968 derrière Cohn-Bendit, et les scènes aux couleurs vives de *La Chinoise*, où il apparaît emprisonné dans un rôle. Omar est une icône fantomatique.

Toi, tu serais plutôt un fantôme non iconique. Est-ce le fruit du hasard ? Les photos de toi que j'ai pu retrouver sont rares ou à peine distinctes. Comme si tu n'imprimais pas la pellicule. Ce n'est pas faute d'avoir cherché, pourtant. Ainsi, sachant que tu avais tourné dans un film introuvable des années 1980, nous sommes allées, Monique et moi, le visionner dans la salle des collections du Forum des images aux Halles, un après-midi de septembre 2017. Un lieu curieux, vaste et quasi désert ce jour-là. À l'étage, dans la pénombre, nous avons patienté longuement devant le bureau d'accueil de la salle des collections, désespérément vide. Outre de petites pièces vitrées sur son pourtour, la salle comprend une vingtaine d'écrans numérotés, face à des canapés rouges à deux places. Quelques visiteurs immobiles regardaient leur film. On aurait dit une sorte de grand bocal abritant des humains-poissons, silencieux, leurs casques formant des ouïes, l'œil arrondi, captivé. Finalement, un numéro de postc nous a été attribué. Côte à côte, femmes-poissons nous aussi, nous étions prêtes à guetter ton apparition.

Le film, tourné entre copains et à petit budget, est d'humeur et d'époque, c'est-à-dire frais, frivole, impertinent. Il y est question de sexe et de séduction, de liberté et de petites transgressions. Cette façon insouciante et amusée de parler de sexualité est datée, après la libération des années 1960 et avant l'ombre des années sida. L'héroïne, après avoir été quittée par son amant trop sage, drague lors d'un dîner un jeune homme timide et emprunté. Elle est aussi fantasque et libertine qu'il est gauche et inexpérimenté. Pour l'initier, elle l'entraîne dans son lit, puis dans une balade érotique à travers Paris la nuit, en quête de plaisirs et de rencontres insolites. Ils se retrouvent au bois de Boulogne, et c'est là qu'on te voit. Enfin, à peine. On te discerne, de profil dans la pénombre, le visage à moitié dissimulé par le bord de ton grand chapeau beige de cow-boy. L'héroïne est seule adossée à un arbre, elle attend son jeune amant parti dans les sous-bois avec un travesti qui lui a promis « la meilleure fellation de sa vie ». Tu t'approches.

En client habitué des lieux, tu remarques qu'elle est nouvelle et lui demandes si elle va « avec un nègre ». Elle répond, gentiment ironique, que, fille au pair dans une famille bourgeoise, elle est simplement venue faire, à sa manière, l'éducation du rejeton dont elle a la charge. D'ailleurs, celui-ci réapparaît en compagnie du travesti. Tous trois montent dans une petite voiture décapotable. Alors qu'ils vont démarrer, ta deuxième et dernière réplique dans cette courte scène est : « Allumeuse ! » Nous avons retrouvé, amusées, ton accent : tu prononces « allumeese », un « e » ouvert et allongé. Toi qui voulais tant « prendre la lumière », comme le disait ton ami Denis, tu n'as eu qu'un rôle obscur auprès d'une prétendue allumeuse qui t'éteint sans même te regarder. Coupez !

Pourquoi te chercher sur les écrans ? C'est dans nos vies que tu faisais ton cinéma. Et nous aimions ça, tu le savais. « Je suis un acteur-né », as-tu déclaré un jour, en prenant l'air grave et inspiré, avant d'éclater de rire. Une de tes innombrables pirouettes : rien n'est sérieux, sonnez trompettes, le clown entre en piste ! Tu livrais un peu de toi, mine de rien comme d'habitude, grimé pour ne pas avoir l'air triste. Tu aurais voulu effacer jusqu'à l'empreinte du passé afin de t'en fabriquer un autre, en sachant bien, au fond, que c'était une illusion. Moi, au contraire, j'ai le goût des traces. Pas des racines, attention, cela n'a rien à voir ! Non, plutôt des marques de passage, des silhouettes indécises, des spectres.

Et hop, j'ai attrapé le tien dans ce récit dont tu n'es plus le maître. Te voilà embarqué dans mes souvenirs. Pris comme un papillon de nuit dans ma collection de boîtes à mystères. Petite, dans le home d'enfants où l'on m'envoyait à Gryon en Suisse au mois de juillet, on devait observer avec respect les orchidées sauvages, espèce protégée dans la forêt, mais on chassait les papillons avec entrain. Plusieurs étés, j'ai relancé avec mes petits-enfants la chasse aux papillons dans ma maison du Sud. Ils mouraient ailes ouvertes dans un bocal contenant une boule de coton imprégnée d'éther, on les piquait ensuite sur une rondelle de bouchon. Un jour, l'un d'eux, déjà épinglé mais seulement endormi, s'est remis à battre des ailes. J'ai arrêté la chasse aux papillons et remisé les filets. Il ne faut pas confondre fantômes et morts-vivants.

Mon attirance pour les images spectrales vient de loin. L'appartement où j'ai grandi était également le cabinet radiologique de mon père. Les « malades » (ou supposés tels) arrivaient réduits à une partie de leur anatomie. Tandis que nous finissions de déjeuner, une des manipulatrices venait annoncer : « Docteur, le thorax attend dans le salon » ou « l'épaule est déjà là ». Pas d'estomacs ni d'intestins, ceux-ci ne venaient que le matin, à jeun avec leur paquet de Radiopaque, « comme les fêtes de Pâques », précisait toujours la secrétaire au téléphone lors de la prise de rendez-vous. Cette association entre les fêtes pascales et le lavement baryté, destiné à opacifier les viscères, était banale, comme le reste. Personne ne s'amusait de l'irruption à la table familiale de ces corps en morceaux que les rayons X allaient rendre transparents. Je ne croisais jamais les individus en question. En revanche, après leur départ, je voyais assez souvent une partie de leur squelette sur les clichés de celluloïd que mon père glissait d'un geste vif sous les rouleaux de caoutchouc de son négatoscope, cette boîte lumineuse permettant de les examiner. Ils me fascinaient.

Les radiographies sont des négatifs énigmatiques : les parties dures, os et cartilages, dessinent des formes blêmes, tandis que tissus et organes mous forment des masses plus sombres. Pour qui sait les interpréter, une ligne ici, une masse là, sont les signes d'une fracture, d'une lésion ou d'une tumeur. Le mal est révélé et, en même temps, déréalisé. On a dû te faire des radiographies à l'hôpital Gemelli. As-tu vu tes clavicules et les lignes blanches de tes côtes se détachant sur les cônes foncés de tes poumons ? T'a-t-on dit ce qui ravageait ces derniers ? Il devait y avoir des « taches suspectes ». Sans doute une opacité du parenchyme – la partie intime du poumon, dit-on –, puisqu'on a diagnostiqué une pneumonie.

Cette dernière image de toi, prise à Rome, est restée là-bas et a probablement été détruite. Après tout, ce n'était qu'un document périmé, un cliché glissé dans le dossier d'un malade décédé, pas vraiment une empreinte distinctive, encore moins un portrait. Si elle avait été récupérée par un artiste, tu aurais pu être recyclé dans une création. Un petit bout de toi chez Ernest Breleur, qui compose des sculptures mouvantes en agrafant des lambeaux de radios, ou chez Éric Benetto, qui peint ses visions mystiques à l'encre de chine sur des clichés, ou chez Salvatore Puglia, qui crée des œuvres palimpsestes en mêlant les traces. Ils t'auraient rendu méconnaissable. Je collectionne certaines de ces œuvres. Mais ta seule portraitiste ici, c'est moi. Je fouille, superpose, recompose et ajoute à ma guise les touches personnelles.

Dans les archives de mon père, j'ai retrouvé des radios de patients inconnus dont je me suis débarrassée, et d'innombrables photos que j'ai conservées, sans jamais les regarder. Papa (cela fait longtemps que je n'ai pas prononcé ce mot-là) se passionnait pour l'imagerie médicale et la photographie touristique. La première reliait son talent de clinicien à son goût de la modernité technologique. La seconde lui permettait de mener une guerre des images très singulière, les siennes, familiales et colorées, contre celles des camps, montrant des corps décharnés et des squelettes ambulants en pyjamas rayés. La santé et la vie, contre ces clichés ternes du malheur, tirés de cet univers gris de la mort en série où sa famille et tant d'autres avaient péri.

Après avoir fait toute l'année de la radiologie, il passait donc ses étés à photographier ses filles, ma sœur et moi, sur tous les sites répertoriés que nous allions visiter en famille, le guide Michelin à la main. Nous devions poser longtemps, face au soleil, sans grimacer, souriantes et bien droites devant la tour de Pise ou au milieu des pigeons devant la basilique Saint-Marc à Venise. Il a pris des films, des photos, des diapos par centaines, obstiné à fixer une certaine idée du bonheur vacancier. Je ne le lui ai jamais dit, mais il y avait pour moi beaucoup plus de mystère dans les radiographies qu'il scrutait, debout dans son bureau sentant le cigare et le cuir, que dans ces décors de cartes postales où il nous incrustait. Il mettait de l'optimisme dans cette petite fabrique des souvenirs heureux, mais pas de magie, ou si peu.

Chacun son théâtre d'ombres. Dans celui de Christian Boltanski, exposé à Lausanne à la Fondation de l'Hermitage en 2019, sont accrochées des petites silhouettes en carton découpé, des diablotins, des squelettes, des masques que la lumière révèle et qu'un souffle fait danser. Contrairement à la plupart des installations de l'artiste, hantées par la destruction, celle-ci, précise-t-il, « n'est pas une œuvre tragique.

Ce sont de gentils fantômes ». À vrai dire, les autres ne sont pas méchants non plus, mais ils ont été maltraités et abandonnés à un sort funeste. Boltanski cherche inlassablement à les faire revenir. Il conjure la perte et la disparition en documentant, en accumulant, en inventant des dispositifs et des rituels, par exemple ces grands visages tendus entre sol et plafond, éclairés d'une lueur telles des apparitions. L'émotion sourd de ces créations qui font advenir des revenants inconnus, mais touchent en chacun de nous une expérience de perte. Elles font battre le cœur. Et cela, à son tour, peut devenir œuvre. Sur l'île de Teshima au Japon, l'installation de Boltanski est une petite maison de pêcheurs isolée au bord d'une plage où sont enregistrés des milliers de battements de cœur. Les visiteurs peuvent les écouter, les percevoir dans une pulsation de lumière et ajouter les leurs à cette collection infinie de signes de vies. Je l'ai fait, moi aussi. Aurais-tu aimé que quelque part soient conservés tes battements de cœur ? C'est une éternité possible, anonyme ou pas, car on peut choisir.

L'art qui célèbre la fragilité des traces est délicat, il apprivoise le temps avec beaucoup de soin. Le collectionner est une manière pour moi d'être entourée. Près du bureau d'où je t'écris est accrochée une photo de Mabeye Deme, prise à Dakar, la ville d'Omar. Né au Japon d'une famille sénégalaise, Mabeye Deme vit en France et se fabrique une mémoire au Sénégal où il se rend plusieurs fois par an. Il n'y est pas tout à fait de plain-pied, un peu d'ici, un peu d'ailleurs. Ce qui affûte sa vision. Le voile qu'il utilise pour ses prises de vue matérialise cet écart, tout en lui permettant de ne pas être intrusif. En réalité, ce qui semble un voile est une de ces bâches de toile avec lesquelles on dresse des tentes éphémères pour les cérémonies (mariages, décès, fêtes diverses) dans les quartiers populaires de Dakar. On les répare, on les réemploie et les familles se les prêtent. Le surprenant effet de transparence vient de ce que le photographe est sous la tente, dans l'ombre, alors que l'extérieur est très lumineux. Sur certaines photos, la toile donne une sorte de texture tramée à l'image qui paraît ainsi plus ancienne. Sur d'autres, elle s'impose au premier plan, avec ses accrocs et ses reprises, tandis que derrière apparaissent les silhouettes spectrales, intrigantes et poétiques de personnages saisis en plein mouvement. Ces œuvres parlent de l'usure du temps, des ravaudages du souvenir et de l'œil qui les révèle.

Mabeye Deme est d'une autre génération que nous. Il a entendu parler d'Omar pour la première fois au début des années 2000. Étudiant en cinéma à la Sorbonne-Nouvelle, il fréquentait un café-bar situé en haut de la rue Mouffetard, tenu par une dame qui avait bien connu James Baldwin, Ousmane Sembène et d'autres grandes figures du monde noir. Ils parlaient ensemble du néocolonialisme, de Mai 68, du Sénégal, du militantisme... Les cafés sont devenus gratuits pour le jeune homme. Radicale et volubile, la patronne évoquait régulièrement un certain Omar, grand ami qu'elle avait connu dans le passé et qui avait été assassiné pour ses idées. Mabeye se souvient être allé à la librairie Présence Africaine et à celle de L'Harmattan pour rechercher des écrits sur lui, en vain. Beaucoup plus tard, le cinéma et la politique repasseront par là. Il m'a appris que Guy Marius Sagna, leader populaire emprisonné à de nombreuses reprises par l'actuel pouvoir sénégalais, s'identifie à notre ami d'autrefois. D'une jeunesse à l'autre, du tragique à l'espoir, la mémoire se raccommode, ou pas.

Omar n'est pas le seul de nos amis dont le parcours s'est fracassé dans les luttes de l'après 68. D'autres, comme Paolo, en allant les poursuivre en Amérique latine, ont été arrêtés et torturés en Argentine. Il y a eu également des errances, des désespérances, des chutes dans la drogue et des suicides. L'éclipse de la mélancolie après trop d'éclat et les lendemains qui déchantent. Souviens-toi, c'est ce qui est arrivé à ton ami

Pierre. Envahi par une dépression profonde, il est allé en cure à la clinique de La Borde à Cour-Cheverny, où nous lui avons rendu visite. Tu étais littéralement terrorisé à l'idée de te rendre dans cette « maison des fous », mais tu n'avais pas osé te défiler, Sylvianne t'ayant coincé en te faisant la morale : « On ne laisse pas tomber les potes quand ils vont mal ! » Quant à moi, j'étais surtout curieuse de découvrir ce haut lieu de la psychothérapie institutionnelle et ne me souciais guère de Pierre, que je connaissais peu.

Lui avait l'air content de nous voir débarquer et, même s'il n'était pas follement gai (il ne l'avait d'ailleurs jamais été), il semblait prendre plaisir à se promener avec nous dans le jardin. C'était loin d'être notre cas ! Nous nous sentions, toi et moi, horriblement mal à l'aise dans cet endroit. En théorie, rien ne distinguait soignants et soignés, censés participer à égalité au fonctionnement de l'établissement. En réalité, de nombreux décalages étranges dans les comportements – la stridence d'un rire, un regard apeuré, une façon de se coller au mur ou de marcher en biais –, perturbaient nos repères. L'expression « dérangé » m'est venue à l'esprit comme une évidence et, avouons-le, une furieuse envie d'ordre. La « folie », ou tout ce qui s'en approche, me donne d'irrépressibles pulsions de fuite. Je fus soulagée de partir et toi, bien plus encore. À peine assis dans la voiture, tu as hurlé d'une voix rauque et courroucée : « Je préfère crever que d'être psychiatrisé ! », sans bégayer le moins du monde. Ce cri, je m'en souviens encore, comme de la sidération que j'ai ressentie alors.

Le puzzle new-yorkais

« L'an prochain à New York ! »

Tu avais lancé ça comme une boutade. J'aimais l'idée sans trop y croire, mais finalement nous nous y sommes retrouvés en novembre 1987. Des collègues américains de Columbia t'avaient invité pour t'associer à un projet de recherche sur les Portoricains de East Harlem. J'étais venue interviewer des Juifs originaires de Plock, en Pologne, pour la fin d'une enquête au long cours[1]. À l'époque, persuadée que c'était la ville de ton enfance et de ton adolescence, je pensais que tu

1. Nicole Lapierre, *Le Silence de la mémoire. À la recherche des Juifs de Plock*, Paris, Plon, 1989 ; Le Livre de Poche, « Biblio essais », 2001.

t'y sentais tout à fait chez toi. Or tu semblais y être de passage, plus que moi. Il faisait un temps glacial en cette fin d'automne, le soleil était pâle et le vent nous mordait le visage. Tu avais une drôle de façon d'entortiller ton écharpe jusqu'au nez pour te protéger. Malgré cette froidure que tu disais détester, nous avons passé de beaux moments et fait des rencontres passionnantes.

« Les gens comme moi sont des puzzles », disais-tu. Ce n'était pas mal vu. Nous aimions les grands puzzles avec les enfants autrefois. Selon une technique éprouvée, on commence toujours par les bords dont la ligne droite est repérable, puis on se concentre sur des fragments d'image ou des formes caractéristiques pour réunir les pièces, jusqu'à la dernière qui offre une satisfaction si particulière que chacun veut la poser. Les amis que nous avons rencontrés n'étaient pas en mille morceaux mais cumulaient les expériences minoritaires dans un entrelacs qui me fascinait. Il y avait Jonas, juif observant et militant de la gauche radicale pro-palestinienne, toi Ulysses, juif, noir et – je l'appris là-bas – un peu chinois, Emmanuel, expatrié français, homosexuel et malade du sida, ou encore Maïa, étudiante en sociologie, fille d'une Juive haïtienne et d'un ancien combattant palestinien. Au fond, quand j'y repense aujourd'hui, tout était là, telles les pièces éparses d'un puzzle : Haïti, la mémoire juive, la mémoire noire et le sida.

Au début, j'ai habité chez Jonas, dans un vaste immeuble un peu sombre du Lower East Side. J'avais fait sa connaissance à Paris, alors qu'il enquêtait sur les formes du renouveau juif dans la génération de l'après-guerre, la sienne, la mienne aussi. Avec mes recherches sur la mémoire juive et les aléas de la transmission entre les générations, j'étais un spécimen sociologique banal et, par là même, intéressant pour lui. Une fois n'est pas coutume, j'ai surmonté mes réticences et accepté d'être une « enquêtée » en répondant à ses questions. On ne change pas si aisément de rôle. Lisant l'hébreu, parlant le yiddish et connaissant bien le judaïsme, il avait sur moi une grande longueur d'avance. Mais nous avions, sans aucun doute, des intérêts et des curiosités communes et il était extrêmement sympathique. Voilà comment et pourquoi nous sommes devenus amis.

Son appartement n'ayant que deux chambres, celle des parents et celle de leur fils, je dormais dans le salon sur un canapé-lit. Le matin, encore ensommeillée, j'apercevais Jonas prier : kippa sur la tête et châle frangé sur les épaules, il se balançait d'avant en arrière en psalmodiant, les yeux fermés. Bercée par ce murmure, je m'enfonçais plus profondément dans l'oreiller et me rendormais illico. J'ai toujours aimé plonger dans la volupté du sommeil. Quand je me réveillais enfin pour de bon, il était déjà parti à la synagogue assister à l'office quotidien. Sa foi, sincère et savante, était hétérodoxe dans le judaïsme moderne. Quant à ses convictions idéologiques, elles détonnaient par rapport à celles de la majorité des Juifs américains, fidèles soutiens du gouvernement israélien.

La tradition à laquelle il était attaché, la plus cachée selon Hannah Arendt, était celle d'un peuple diasporique, non étatique, non belliqueux, qui n'avait pas le culte de la virilité et savait faire de sa faiblesse une sagesse. Pratiquant, Jonas avait néanmoins un pied dans la synagogue et l'autre dans la cité, car la communauté religieuse dont il faisait partie était en même temps son terrain de recherche en anthropologie. Observant et observateur, en somme. Ainsi, quand il rentrait en fin de matinée, il se mettait aussitôt à l'ordinateur pour rédiger à chaud son journal d'enquête. Le samedi, il fréquentait une autre *shul* (oratoire) dans la 8e Rue, où il était très attendu. Il était en effet le dernier homme du *mynian*, le dixième membre, jeune et providentiel, de cette petite communauté d'hommes âgés qui, sans lui, n'auraient pas pu prier. Car eux, j'imagine, n'auraient jamais accepté les femmes pour compléter leur assemblée...

Ces activités et mes entretiens nous laissaient du temps libre. Nous faisions de longues balades dans la ville. Jonas aimait parcourir le bas de Manhattan pour me montrer les anciens quartiers immigrés, notamment les rues juives ou ce qu'il en restait, la fameuse Hester Street et d'autres où les taudis avaient disparu et où la population avait beaucoup changé. En guide prévenant, il s'arrêtait chez le *deli* (traiteur) où l'on trouvait, selon lui, le meilleur *pastrami* (fines tranches de bœuf saumuré et fumé), et aussi quelques cafards courant derrière les étalages, qui me coupaient immédiatement l'appétit. Nous flânions dans SoHo, Little Italy et Chinatown, longions les quais jusqu'à Battery Park et finissions toujours par le pont de Brooklyn.

Quand, finalement, nous rentrions en fin d'après-midi, fourbus et affamés, Jonas commandait une pizza. Nous la mangions à même le carton avec les doigts en déchirant les parts comme nous pouvions, car les assiettes et les couverts de la maison n'étaient pas faits pour cette nourriture impure. Puis, s'il ne devait pas aller à l'une de ses réunions de la gauche radicale américaine sur la question israélo-palestinienne, il se calait dans un fauteuil, mettait un disque de jazz et roulait un joint. Venant de France où les choses étaient nettement plus compartimentées, j'étais bluffée par ce mélange d'érudition talmudique, de culture anthropologique et de radicalité politique, sans compter psaumes, jazz, humour, poésie, pizza, *cacherout* et marijuana…

Toi, cette façon de franchir les mondes comme on traverse la rue ne t'étonnait pas. C'était aussi ton cas, après tout. Jonas t'a plu d'emblée et ce fut réciproque. Il te trouvait très sophistiqué et « pas tellement américain », ce qu'il énonçait comme une tautologie. Il n'avait pas beaucoup, ou pas du tout, d'amis noirs, non par préjugé, loin de là, mais les occasions ne s'étaient pas présentées. Et un Juif noir, c'était encore plus rare. En outre, tu connaissais la revue *Tikkun* nouvellement créée par des Juifs religieux comme lui, peu nombreux, qui militaient en faveur des droits des Palestiniens. Alors tant pis si en matière de judaïsme tu ne savais pas grand-chose. Moi non plus, d'ailleurs. Jonas s'en moquait, cela n'entamait pas notre amitié et nos complicités. Le seul différend dont je me souviens concerne nos longues promenades dans les rues de l'East Village ou ailleurs. Impossible de t'y entraîner. Nous voulions que tu nous fasses découvrir « tes coins » et, pour te convaincre, évoquions les grands flâneurs, de Baudelaire à Benjamin. Peine perdue ! Tu détestais marcher. « Cela me fatigue et j'ai les pieds plats », disais-tu pour justifier ton refus. Tu préférais nous rejoindre plus tard chez Jonas.

J'ai adoré ces soirées où nous parlions de nos recherches respectives, discutions de nos lectures et prêtions l'oreille au récit de tes dernières mésaventures, avec en fond les folles improvisations de Keith Jarrett ou la voix de contralto bouleversante de Nina Simone. Délicat comme tu l'étais, tu appréciais modérément les parts de pizza ramollies et froides, collées à l'emballage. Mais nos discussions sur l'origine des *Black Jews* et des Falashas, sur Reagan et Gorbatchev, ou sur l'assassinat, un mois plus tôt, de Thomas Sankara, le président progressiste du Burkina Faso, les aidaient à passer mine de rien, avec un verre de bon vin chilien.

Afin de ne pas envahir trop longtemps Jonas et sa famille, j'ai quitté le Lower East Side pour m'installer à SoHo dans le loft d'Emmanuel, parti à Paris pour « passer chez Pivot », comme on disait alors. Il venait de publier chez Gallimard, dans la collection « Au vif du sujet », un des tout premiers livres sur le sida[2]. Un récit intime, lucide et saisissant sur l'évolution de son état, griffé de références aux guerres de ce long et lourd XXe siècle qui s'achevait avec ces nouveaux morts d'un mal inconnu. L'amitié avec Emmanuel a été foudroyante. Nous savions que le temps était compté et qu'il fallait d'urgence en profiter. D'habitude lente à apprivoiser, comme le renard du *Petit Prince*, j'étais impatiente de le

2. Alain Emmanuel Dreuilhe, *Corps à corps*, Paris, Gallimard, « Au vif du sujet », 1987.

connaître mieux et l'ai aimé d'emblée. Français de l'étranger, traducteur à l'ONU, il avait un statut et un emploi sérieux. Mais dans la vie il ne l'était guère.

Mèche blonde en bataille, regard enfantin, humour bravache, il racontait ses souvenirs durassiens d'une mère à l'élégance surannée, avec sa capeline rose pâle et ses mains gantées, adossée à une Plymouth dans le Vietnam colonial. Il évoquait aussi, avec une verve provocante, ses soirées de folie en Californie, quand le sida ne sévissait pas encore, ou alors sournoisement. Dans son vaste loft en bas de Canal Street, entre le cube délimitant sa chambre et le canapé de skaï marron en forme de grand pied, il circulait souvent avec sa perfusion d'AZT. Un traitement antirétroviral alors tout nouveau, aux effets secondaires très lourds, mais en lequel il fondait beaucoup d'espoir certains jours et d'autres, nettement moins. Je me souviens de ses sanglots dans l'ascenseur bondé d'un grand building, alors qu'il venait d'apprendre que ses T4 (lymphocytes nécessaires au système immunitaire) avaient encore chuté ; mais également de ses éclats de rire, un peu plus tard, en exhibant des photos sur lesquelles il posait habillé en soubrette, petite robe noire, col de piqué blanc et tablier festonné.

Nous nous sommes trouvé d'exquises complicités dans la noirceur de blagues bien acérées. Lui aussi aimait l'humour ravageur, celui qui ne s'énonce et ne s'apprécie que de l'intérieur. Ainsi racontait-il les fantasmes que suscitait chez certains ou certaines sa maladie. Par exemple, ceux d'une femme qui avait écrit qu'elle voulait absolument faire l'amour avec lui pour être contaminée. Pourquoi choisir ce suicide lent, programmé, érotisé ? « Peut-être qu'elle me trouve beau à en mourir », disait-il, mutin. Il ajoutait, l'air faussement peiné : « la pauvrette tombe mal, puisque je n'aime que les garçons. Mais je pourrais peut-être lui envoyer une pinte de mon sang. Qu'importe le flacon, pourvu qu'elle ait le VIH... » On a bien rigolé. Mais quelle ne fut pas ton indignation, quand je t'ai rapporté cette histoire ! « C'est une blague de mauvais goût, elle n'est pas drôle du tout », as-tu ronchonné, l'air vraiment très fâché.

Hypocondriaque, c'est certain, superstitieux peut-être, tu détestais que l'on plaisante avec la maladie et la mort. Et puis, m'a-t-on dit depuis, avec toutes tes aventures, tu craignais justement d'attraper le sida. Marcel et Martin m'ont raconté que tu te faisais régulièrement tester et entrais dans un état de panique en attendant les résultats. L'humour couleur « sang séché » (ou sang contaminé) te scandalisait donc. C'était cinq ans avant ton propre décès, mais cela, on ne pouvait pas l'anticiper. Impossible également d'imaginer que l'épidémie, en quelques années, allait faire « place nette » à la spéculation immobilière, à l'embourgeoisement et au consumérisme de luxe dans ce quartier de Manhattan habité par une importante population gay plus ou moins désargentée[3]. Était-ce en raison de ton

3. Sarah Schulman, *La Gentrification des esprits*, Paris, éditions B42, 2018.

hypocondrie, d'une phobie de la maladie ou bien d'un rapport compliqué à l'homosexualité ? Tu n'es venu qu'une seule fois, en coup de vent, me chercher à Canal Street et tu y étais manifestement gêné. Au point qu'il était impossible de te faire asseoir. « Merci, c'est gentil, mais on repart tout de suite. » J'ai pensé qu'il valait mieux taire la très mauvaise plaisanterie qui me venait à l'esprit et ne t'ai donc pas demandé si tu avais peur de la contagion par le siège. Tu ne me l'aurais jamais pardonné. Je l'ai gardée pour Emmanuel et, je peux te l'avouer maintenant, nous avons bien ri à tes dépens.

Désormais, on se retrouvait donc pour dîner dehors et j'aimais bien ces sorties nocturnes malgré les frimas. Te souviens-tu de cette soirée animée dans un restaurant italien de SoHo où tu nous avais emmenés ? Tu avais convié ton ami Madani et sa femme Deborah en pensant qu'ils me plairaient. Ce fut le cas. Lui était originaire du Mali. Philosophe marxiste, il avait étudié en France puis, faute de perspectives, était parti aux

États-Unis où il avait fini par obtenir un poste à Princeton. « À Paris, j'aurais été balayeur, ici je suis professeur d'université », m'avait-il déclaré en guise de présentations. Elle, née à Chicago dans une famille juive venue de Vienne en 1933, enseignait la sociologie urbaine dans la même université. Tous deux avaient un charme fou et une élégance désinvolte. Il portait un chapeau à large bord et une écharpe de soie indigo négligemment jetée sur l'épaule ; elle accumulait les colliers cliquetants sur sa longue robe de velours brodée. Haut et large, voix de baryton et rhétorique implacable, Madani en imposait. Sauf à Deborah, menue et enjouée, qui prenait plaisir à le contredire et riait à pleines dents en secouant ses boucles cuivrées. Entre le « grand nègre » (comme disait Édouard Glissant, qui faisait près de deux mètres lui aussi) et la petite *Jewish Princess*, les reparties fusaient. Il y avait une grande part de jeux entre eux, car ils étaient d'accord sur l'essentiel, en particulier sur leur engagement commun contre l'apartheid en Afrique du Sud.

Nos discussions à ce sujet, comme à propos de Gorbatchev porté au pouvoir deux ans auparavant, de ses réformes en URSS, de l'ouverture du pays et d'un possible « socialisme à visage humain », s'étaient prolongées tard dans la nuit.

J'ai gardé un souvenir très vif d'un autre dîner, un soir glacial, dans un restaurant chic de l'Upper East Side. Il y avait plusieurs feux de bois dans de grandes cheminées surmontées de trophées de chasse et de nombreuses photos en noir et blanc de célébrités accrochées aux murs. L'endroit, select et feutré, avait des allures de club anglais. Il devait être coûteux. Tu l'avais choisi pour cette soirée intime où tu as raconté l'histoire de ta famille. Quelle saga ! D'abord, ce père chinois que tu n'aimais pas, un affairiste sans finesse ni tendresse, « un type grossier », disais-tu. Ta mère, fort heureusement, l'avait quitté. C'était la première fois que je t'entendais parler de cette ascendance, dont ni ton visage, ni ton nom, ne portait trace. Au diable l'hérédité paternelle, puisque tu ressemblais trait pour trait à cette mère chérie, qui était tout le contraire de son rustre de mari. Cette femme aimante, élégante et cultivée, vivait désormais dans un condominium chic de Miami où tu ne manquais jamais de lui rendre visite quand tu passais aux États-Unis. Elle-même avait grandi dans un milieu peu banal, puisque son père avait été le premier rabbin noir de Jackson dans le Mississippi. C'est fou ce que tu admirais ce grand-père maternel. Sa haute figure pionnière dominait ton roman familial. Au dessert, tu as installé son fantôme à notre table en expliquant que cet homme remarquable et estimé était autrefois le seul Noir accepté dans le respectable établissement où nous dînions.

Cela m'a impressionnée, mais pas particulièrement étonnée. Je n'ai pas pensé que, à l'époque du grand-père en question – au début du XXe siècle –, être noir et juif devait être une double tare rédhibitoire pour entrer dans un lieu si huppé. Il est vrai que je n'avais pas encore travaillé sur ce sujet. Je ne me suis pas demandé non plus pourquoi tu n'avais jamais évoqué ton aïeul rabbin devant Jonas. J'étais trop charmée par cet étonnant récit pour prêter attention à ces bizarreries. Ordonnateur des festivités jusqu'au bout, tu as absolument tenu à régler l'addition. Tu aimais te montrer généreux et même volontiers fastueux. Alors que tu étais souvent en train de tirer le diable par la queue avec la pression constante de trouver des contrats pour gagner ta vie, dès que tu avais de l'argent, tu voulais régaler les amis. Marcel m'a dit que chez lui, aux Antilles, on appelle cela « les nègres grand gala ». Des prodigues aux poches trouées qui s'adonnent à la dépense et s'y jettent tout entiers. L'expression imagée, traduite du créole, me plaît et te va comme un gant. Je ne suis pas sûre que tu aurais apprécié.

J'ai repensé à cette soirée en rencontrant ton amie Maïa, quelques jours plus tard, à Columbia. Tu avais tenu à me la présenter sur le campus de l'université. Toute fine dans son vieux jean, ses nombreux bracelets tintant à ses poignets, elle était bien jolie avec ses yeux verts en amandes et son épaisse chevelure bouclée. Il y avait entre vous une évidente complicité, non pas amoureuse mais plutôt enfantine. Vous aviez cette façon qu'ont les gamins d'échanger des regards appuyés et de se mettre à rire sans raison apparente, sinon celle de leurs secrets partagés. « Bon, vous travaillez toutes les deux sur la mémoire, vous avez sans doute plein de choses à vous dire » et, sur ces mots, tu t'es levé et nous as laissées devant nos cafés au lait. À l'époque, je n'ai pas compris pourquoi tu avais absolument voulu nous ménager cet aparté. Espérais-tu qu'elle me confierait quelque chose que tu ne pouvais pas dire ?

Elle a parlé d'elle et non de toi. D'Haïti d'où elle venait, de ses études, de sa famille « merveilleuse et très perchée » et de ses sculptures, de gros crustacés anthropomorphes en papier mâché dont elle m'a montré quelques photos, collées dans un petit carnet de molesquine noire.

Son père, Palestinien, après avoir milité dans le Front démocratique pour la libération de la Palestine (le FDPLP), un mouvement d'extrême gauche de tendance maoïste, avait renoncé au début des années 1970 à la lutte armée. Devenu pacifiste, écologiste et poète, il avait fait fortune dans le textile et finançait une ONG luttant contre la déforestation au Brésil en achetant des terrains et en y replantant des milliers d'arbres. Sa mère, fille de réfugiés juifs polonais naturalisés par le gouvernement haïtien en 1942, médecin généraliste et féministe engagée, travaillait dans un centre de consultation pour malades du sida. Maïa était leur fille unique, « la prunelle de leurs yeux », énonçait-elle tout sourire.

Elle avait grandi à Port-au-Prince dans une vaste maison blanche entourée d'une véranda et pourvue d'une piscine sur les hauteurs de Pétion-Ville. Une maison « pleine d'œuvres et d'objets du monde entier, avec d'immenses canapés jonchés de coussins bariolés pour s'affaler et pour rêver ». La vie protégée dans ce havre tranquille et l'amour inconditionnel de ses parents, si unis et si différents dans leurs engagements, ont sans doute été à l'origine de son assurance joyeuse. Je l'ai écoutée avec curiosité raconter sa jeunesse en Haïti sur laquelle aucun des maux du pays ne semblait avoir eu prise. On se connaissait à peine, mais elle était directe, vivante, vibrante. Féministe comme sa mère, elle se moquait des hommes trop lourds, trop pressants et prétendait en riant avoir la rapidité d'une crevette pour leur échapper. Sa fascination pour les crustacés, qu'elle reproduisait en grand format, généralement debout et affublés de petites jambes humaines, était étrange. Elle dotait certains de lunettes noires, une discrète allusion à l'histoire sinistre des Tontons Macoutes. « Ce sont mes paniers de crabes », disait-elle. Il est vrai que dans le panthéon haïtien, quelques créatures hybrides de plus ne déparaient pas, loin de là. Volubile, elle passait d'un français légèrement chantant à l'anglais sans aucun accent.

Profitant de ton absence et d'une pause dans son récit, j'ai voulu parler de toi en évoquant ton étonnante histoire familiale de Juif noir new-yorkais et un peu chinois. Elle a eu une drôle d'expression, pas du tout espiègle cette fois. Il m'a semblé qu'elle te connaissait bien, mais elle est restée évasive. Cela m'a intriguée. Finalement elle m'a dit, en guise d'explication définitive : « C'est un sacré dandy et un esprit farceur comme il y en a chez nous. » Dandy, je le savais déjà. Farceur, oui, tu l'étais parfois. Un esprit farceur, en revanche, cela m'a semblé curieux. J'ai pensé aux histoires de revenants, de morts malicieux qui viennent chatouiller les vivants, aux zombis d'Haïti bien sûr et aux esprits frappeurs, évidemment. Trois petits coups, comme au théâtre, coucou, me voilà ! L'assemblée frissonne, même si, comme dans la chanson des Frères Jacques : « C'n'est qu'l'e p'tit bout d'la queue du chat ! »

Paris sur scène

Ton quartier général à Paris, dans les années 1980, était la Maison des sciences de l'homme, boulevard Raspail. On te voyait circuler entre le hall, la cafétéria et la bibliothèque, toujours fringant, l'air affairé, tenant à la main des articles tapés à la machine. « Il avait tous les attributs du chercheur à demeure », se souvient Martin, ton copain judéo-vietnamien. Lors de votre première rencontre, m'a-t-il dit, tu lui as raconté que tu avais fait la guerre au Vietnam sur une unité fluviale qui se battait contre le Viêt-cong, ce qui avait immédiatement retenu son attention. Cela ne collait pas avec le profil du déserteur engagé que nous admirions tant dix ou quinze ans plus tôt à Nanterre. Mais Martin, comme tous ceux qui t'ont connu plus tard, ne pouvait pas le savoir et le fait d'avoir un récit en direct d'un ancien marine l'intéressait au plus haut point. Joignant le geste à la parole, tu mimais le garde-à-vous comme si tu te remémorais la guerre et racontais les permissions, quand tu allais festoyer et voir les femmes dans les bordels pour soldats de Saigon. C'était mieux qu'au cinéma.

Martin travaillait alors sur les Juifs de Chine et toi sur les *Black Jews*, deux minorités juives peu connues. Ces sujets vous ont rapprochés. Puis, très vite, vous êtes devenus amis. Tu lui as relaté ton histoire de Noir américain ayant un grand-père maternel rabbin et un père chinois. Il n'y avait pas là de quoi le surprendre, lui-même étant d'origine vietnamienne et judéo-polonaise, avec une grand-mère thaïe et une épouse suédoise. Deux métis, deux métèques qui n'avaient pas tout à fait l'air de ce qu'ils étaient. Ce qui faisait l'objet d'un gag à répétition au succès assuré : il te disait « tu n'as pas le type juif », tu répondais « toi non plus ». Le « Vietkhénaze »

– il se donnait lui-même ce sobriquet – et le « Blackénaze », une sacrée paire de nazes ! Cela vous amusait beaucoup. Complices, vous aimiez parler de vos identités mêlées, de la façon dont vous en jouiez pour désorienter les regards.

Les origines, les racines, les places assignées, on s'en fichait complètement, à l'époque. Le multiculturalisme ne désignait pas un épouvantail venu d'Outre-Atlantique mais un enrichissement de la société. Le terme lui-même, qui renvoyait à des cultures juxtaposées, nous paraissait déjà insuffisant pour dire la riche complexité des interactions, on commençait à parler d'hybridité. Martin et toi étiez des hybrides, des créolisés, des transculturels incarnés. Comme Gaston, le mari de notre amie Monique, un Tamoul de l'île Maurice, délicat et sophistiqué, anglophile et fou de Shakespeare. Avec lui aussi, tu plaisantais beaucoup. Tu l'avais même affublé d'un diminutif qui lui allait fort mal et disais en lui caressant le cou : « Oh là, là, Gastou, t'es si doux. » « Impossible d'avoir des conversations sérieuses avec Ulysses, il prenait tout à la rigolade », m'a-t-il raconté. Soit tu étais ostensiblement frivole : « Sens mon parfum, Gastou. Il est bon, non ? », soit tu étais moqueur : « Où donc Monique a-t-elle été chercher un tiers-mondiste pareil ? » Gaston ne s'en offusquait pas. Il aimait ta fantaisie, ta générosité et se souvenait que tu l'avais aidé quand, à la fin de ses études, il cherchait un emploi.

Avec eux et d'autres, nous formions une petite bande qui se voyait souvent pour discuter, partager un repas ou faire la fête. Au tournant de nos quarante ans, nous avions encore la certitude d'avoir le temps. Le temps de la théorie pour penser la société et celui de la politique pour la changer. Le temps du souci du monde, surtout. L'arrivée de la gauche au pouvoir en France nous avait enthousiasmés. Te souviens-tu de notre soirée acrobatique, le 21 mai 1981 ? Pour voir François Mitterrand traverser seul la place du Panthéon et entrer dans l'édifice une rose à la main, nous étions montés sur le toit d'un immeuble de la rue Soufflot. C'était pentu et un peu périlleux. Qu'importe ! La vue était plongeante et la scène solennelle. Pourtant, toi si friand de moments historiques importants, tu avais préféré rester prudemment le nez au ras du vasistas, d'où tu ne voyais pas grand-chose. La faute au vertige. Injuste, j'en conviens, je me suis dit ce jour-là que tu manquais d'audace. Personne n'est tombé, si ce n'est, plus tard, nos illusions. Mais c'est une autre histoire.

Il n'y avait pas qu'en France que les choses changeaient. Sous les dictatures d'Amérique latine, une féroce répression s'était abattue sur une génération de femmes et d'hommes qui nous ressemblaient. Nous en avions accueilli certains. Mais voilà qu'en 1983 en Argentine, en 1984 en Uruguay, en 1985 au Brésil, ces régimes s'écroulaient enfin comme des dominos. Seul Pinochet sévissait encore au Chili. À l'Est aussi, cela bougeait. Nous suivions avec passion ce qui se passait en Pologne avec le mouvement Solidarność. Plusieurs d'entre nous avaient été militants dans l'extrême gauche antistalinienne. Certains, peu, l'étaient encore. Nous nous intéressions à la politique, aux luttes d'émancipation en tous genres, à la justice sociale et à ses conditions de réalisation. Nous étions concernés, mobilisés, mais sur fond d'insouciance et de légèreté, car, dans cette curieuse époque de transition, rien ne nous menaçait directement. Sociologues, ethnologues, politistes pour beaucoup, nous avions obtenu nos premiers postes à l'université ou au CNRS. Une forme de reconnaissance et l'assurance d'une stabilité que tu n'avais toujours pas, en dépit de plusieurs candidatures. J'ai ouï dire qu'elles péchaient par excès : le nombre d'universités étrangères où tu disais avoir étudié ne semblait pas crédible. Malgré ta bonne humeur affichée, ta débrouillardise pour décrocher des contrats de recherche dont tu nous faisais parfois bénéficier, nous savions que tu en étais mortifié. Mais tu n'étais pas du genre à geindre.

Entre deux enquêtes, tu décrochais des petits rôles au cinéma ou des emplois de mannequin et, à t'entendre, tout allait bien. À court d'argent, tu pouvais toujours aller défiler chez ta sœur, qui tenait une maison de couture à Vienne. Elle se prénommait Vénus, connaissait tout le gotha de la ville et donnait de brillantes soirées où le champagne coulait à flots. De belles femmes blondes en robes décolletées prenaient des poses étudiées autour d'un grand piano à queue. Les notes de musique se mêlant aux conversations feutrées, ces mondanités viennoises baignaient dans une atmosphère élégante et surannée. Les images d'une sorte de *Vienna Song* tournaient au ralenti sous nos yeux ébahis. Tu aurais pu y ajouter quelques officiers autrichiens sanglés dans des vestes blanches à brandebourgs dorés. Mais non, le seul homme remarquable, c'était toi. Tes pantalons de cuir serrés, tes vestes soyeuses et épaulées, le feutre noir (ou le panama selon les saisons) que tu portais légèrement incliné et ton anneau à l'oreille gauche, te donnaient la stature d'un prince noir, d'un Balthazar altier, d'un roi magicien au milieu de ces créatures pâles et sophistiquées. Cela, tu ne le disais pas, bien sûr, mais nous laissais l'imaginer ô combien. As-tu valsé là-bas en tenant dans tes bras une descendante de Sissi l'impératrice ? Tout était possible !

Enfin presque. Car, selon Gaston, tu ne dansais jamais qu'en solitaire : « Il était tout le temps en représentation. C'était un aristo. Dans les fêtes, il ne se trémoussait pas avec le peuple, non ! Il attendait la fin de la soirée et tournait seul en piste. » C'est vrai, je te revois onduler, nonchalant, les yeux mi-clos, pris par le rythme de la musique. Les regards ne pouvaient que converger vers toi et tu le savais. Tu voulais tellement plaire et tant être admiré. Un désir, un besoin ? Plutôt une faille, pensait Martin : « Ulysses paradait, je me suis toujours demandé si, derrière cette façade, il n'y avait pas un drame personnel. En tout cas, il avait son chic, les femmes le remarquaient. » J'aime ce mot « chic », un peu vieillot mais qui claque sur les dents, comme l'adjectif « épatant », passé de mode également. Ce sont des mots qu'employait souvent ma mère et ils te vont bien. Tu étais un homme chic, assurément, et un personnage littéralement épatant. Étais-tu un chic type ? Oui, en tant qu'ami drôle et prévenant. Pour le reste, vois-tu, on en discute encore.

« Ulysses, c'était l'aventurier qui avait bourlingué, qui avait rencontré toutes sortes de gens et qui avait eu plein d'histoires avec des femmes, souvent mariées. Il s'inventait des liaisons, mais ce n'étaient pas que des inventions. J'en ai connu certaines », raconte Denis. Moi aussi, j'en ai vu deux ou trois, mais je me demande aujourd'hui si ce n'étaient pas simplement des amies que tu présentais à leur insu comme des amantes. Tu pouvais aussi te contenter de le laisser croire, personne n'aurait eu l'idée incongrue d'aller vérifier et la rumeur de tes nombreuses liaisons courait. Rétrospectivement, tes relations amoureuses, mystérieuses, ont laissé des avis très contrastés, chacun, chacune y allant de son anecdote plus ou moins piquante. Eh oui, mon cher ami, tu aurais dû te méfier, les secrets des morts sont mal gardés...

Cultivant une réputation de séducteur, tu te vantais d'avoir beaucoup de conquêtes à ton actif et évoquais volontiers des amours torrides. Écoute encore ce qu'en dit Gaston, avec son goût de l'*understatement* si britannique : « En bon macho, Ulysses traitait certaines femmes d'hystériques, et la liste des hystériques était longue... En revanche, celles vers lesquelles il était attiré avaient toutes les qualités ! Avec nombre de femmes que l'on croisait, il prétendait avoir eu une aventure. De leur côté, elles disaient : "Il raconte n'importe quoi !", tout en ajoutant souvent : "par contre, avec unetelle, c'est vrai". Ainsi s'allongeait la liste des maîtresses réelles ou supposées. » Martin le confirme avec une pointe d'ironie : « Il avait beaucoup de succès auprès des femmes, c'était un séducteur, il savait y faire. » Ces deux-là te dépeignent sous les traits d'un tombeur de dames, d'un dragueur à l'ancienne assez sûr de ses charmes pour mépriser celles qui n'y succombaient pas. Franchement, ce n'est pas ton meilleur portrait.

Curieuse, même indiscrète, j'ai mené l'enquête en faisant le tour de tes copains. Notamment ceux avec lesquels tu avais des « conversations de mecs », ceux à qui tu racontais parfois tes expériences sexuelles, tes fantasmes ou tes prouesses. « Ulysses rêvait de séduire une femme laide parce que celle-ci, n'ayant pas l'habitude d'être courtisée, se donnerait si complètement qu'il en aurait un plaisir décuplé », m'a raconté Martin, encore tout éberlué quarante ans après. Paul, lui, se souvient de tes confidences sur une militante lyonnaise, épouse effacée d'un élu local, qui se transformait dans tes bras en femme fontaine et fatale. Cela aimantait votre relation clandestine et te rassurait car, disais-tu, tu pouvais être certain qu'elle ne simulait pas. Il y avait également une étudiante ravissante, rencontrée à la bibliothèque, qui glissait des messages érotiques dans tes livres et n'acceptait de faire l'amour l'après-midi que dans le lit de ses parents, absents certes, mais pas pour longtemps... Frissons garantis ! Ou encore cette enseignante à l'allure un peu sèche, lunettes rectangulaires, mèche blanche et cheveux tirés en arrière, qui t'avait accueilli dans son lit, vêtue d'une nuisette en Nylon rouge. Rebuté par cette faute de goût, tu avais, disais-tu, pris tes jambes à ton cou. Quant à François, il n'a pas oublié le récit de ta relation frustrante et misérable avec cette artiste à la voix rauque qui t'attirait, se refusait et aimait racoler des hommes sous tes yeux pour te provoquer : « Je suis son pantin, mais c'est comme ça que son corps exulte et que je la retiens, finalement. »

Jouissance et possession, tu gardais l'avantage, ou du moins tu le prétendais. Sous les fantaisies et les vantardises de l'homme-qui-savait-contenter-les-femmes, tu offrais à tes copains un imaginaire somme toute assez ordinaire, très masculin et modérément émoustillant. Un imaginaire d'emprunt, car sans doute as-tu tout inventé, comme tes liaisons avec des célébrités, dont tu parlais plutôt aux filles. Dans ces confidences genrées (aux hommes le sexe, aux femmes la romance), il n'y avait pas que l'actrice María Félix à ton palmarès. Un jour, tu m'as raconté comment tu avais eu une brève mais intense aventure avec Jane Fonda. Elle était à Paris, après le tournage à Rome de *Barbarella* qui avait été pénible en raison des exigences de Roger Vadim et de l'alcool qu'elle buvait en grande quantité pour se donner de l'assurance. Tu l'avais rencontrée un soir, au bar de la Closerie des Lilas, elle semblait désemparée devant sa coupe de champagne rosé, le pianiste jouait du blues, tu l'as abordée en lui disant qu'à toi également Manhattan manquait. De note en note, de verre en verre, vous avez fait la fermeture et descendu le Boul'Mich à pied, avant de vous étreindre dans une chambre de l'hôtel Esmeralda donnant sur Notre-Dame. Le lendemain, quand vous avez pris un petit déjeuner tardif à la Bûcherie, à côté de la librairie

Shakespeare and Company, Jane t'a remercié pour cette nuit d'amour. Est-ce que j'ai cru à cette aventure d'un soir ? Je ne me suis pas posé la question. Le récit était joli, précis. J'aimais son côté « Américain à Paris » très cinématographique et son atmosphère un peu mélancolique.

En revanche, quand tu as téléphoné à Monique pour lui dire que tu étais au bord d'une piscine en compagnie de Barbara Hendricks, elle n'y a pas accordé crédit une seconde et en rit encore : « Il devait appeler d'une cabine au coin de la rue… » Elle ne croyait pas trop non plus à ton affaire avec Isabelle Adjani, rencontrée sur un tournage. Ni, dans un autre registre, au fait que, dans ta jeunesse, tu aurais été « la petite mascotte du Che ». De même, malgré une vague ressemblance avec le sénateur noir Edward Brooke, dont le portrait figurait dans un numéro du *New York Times* lorsque tu as affirmé que c'était ton « oncle Eddy », Denis, amusé, n'a pas été très convaincu. Bobards et boniments que tout cela ! Tes dîners chez le grand rabbin Sirat pour Kippour ou Rosh ha-Shanah, en revanche, il a pensé que c'était vrai. Car, contrairement à lui, totalement areligieux, tu semblais attaché aux traditions et il était persuadé que ces fêtes juives avaient du sens et de l'importance pour toi.

Pour rendre un récit vraisemblable, il doit être soigneusement élaboré. Il ne suffit pas d'un peu de bagout ou d'un brin de plume pour s'improviser romancier, fût-ce de sa propre vie. Tu le sais, c'est du boulot de bien raconter. Parfois tu peaufinais et c'était merveilleux. Parfois tu bâclais et c'était hasardeux. Une sorte d'urgence semblait te tenailler, comme s'il te fallait achalander sans arrêt ton magasin de nouveautés. Tu prenais des risques à sans cesse rejouer la donne de cette façon. Tout n'était pas crédible, loin de là. Pourtant, cela n'empêchait pas Monique de croire, comme nous toutes et tous, à bon nombre de tes histoircs.

Par exemple, celle des boules à neige. À l'époque, Monique les collectionnait. Elle avait écrit un joli texte sur ces drôles d'objets enfantins et standardisés qui mettent le monde touristique sous un dôme de plastique où flottent les flocons. « Je vais apporter ton article à Habermas, ça lui plaira, il les collectionne, lui aussi », avais-tu expliqué. Flattée, elle avait pensé : pourquoi pas ? Ami avec le célèbre philosophe, tu l'accueillais et l'accompagnais dans Paris quand il venait en visite avec son épouse. Enfin, c'est ce que tu prétendais : « Il faut que je promène les Habermas », annonçais-tu régulièrement, l'air affairé. Quelques mois plus tard, revenant d'un voyage à Francfort, tu as apporté à Monique un gros ouvrage illustré en allemand sur les boules à neige, « de la part d'Habermas ». Elle était enchantée. Ce cadeau inattendu corroborait habilement tes dires.

Une autre fois, sachant que Gaston, bien que « tiers-mondiste », s'intéressait en anglophile passionné à la famille royale, tu lui as annoncé : « Ah, Gastou, je connais bien la cousine de Lady Diana. Regarde le manteau en cashmere que je porte, c'est elle qui me l'a offert. Et grâce à elle, j'ai pu assister au mariage. » Pour preuve, tu lui avais donné des mugs à l'effigie du prince Charles et de Lady Diana. Ces derniers, fabriqués en série quelque part en Asie, se vendaient dans les boutiques de souvenirs londoniennes à côté des boules neigeant sur Buckingham ou le Tower Bridge. Gaston, nullement dupe, fut bien content que tu lui offres également ledit manteau.

Régulièrement fauché, mais aimant la dépense, le panache et le « grand gala », tu faisais souvent des cadeaux, petits ou gros, en fonction des circonstances plus que de l'état de tes finances. Souvent, c'était un objet que tu rapportais d'un voyage et qui accompagnait une histoire. Donner contribuait à ton standing, à ta crédibilité, mais pas seulement. Il y avait de l'élan, de la spontanéité dans ta générosité et, certainement, mais ça, je l'ai compris bien après, une revanche sur la pauvreté. La mesquinerie, la pingrerie te faisaient horreur. Au point que tu en prenais le contrepied jusqu'à l'excès. « Allez, donne ça, on ne va pas compter ! », lançais-tu, d'un ton agacé, quand quelqu'un s'apprêtait à diviser l'addition à la fin d'un repas au restaurant ou, pis encore, évaluer qui avait pris quoi. Grand seigneur, tu préférais régaler tout le monde. Comme tu le faisais en allant au Bon Marché, d'où tu rapportais des monceaux de victuailles pour nos dîners.

De tous les repas que nous avons partagés, un en particulier est resté dans les mémoires. C'était un soir de novembre 1988, chez Monique et Gaston. Presque un an, jour pour jour, avant la chute du mur que personne alors ne pouvait prévoir. Nous étions une bonne douzaine, joyeusement serrés autour de la table, dans leur petit duplex du Quartier latin. Tu revenais d'un colloque à Moscou et nous étions curieux d'entendre tes impressions sur le dégel politique (*glasnost*) et les réformes socio-économiques (*perestroïka*) entrepris par Mikhaïl Gorbatchev, qui venait de retirer les troupes soviétiques d'Afghanistan. Le stalinisme était-il vraiment défait ? Pouvait-on parler librement ? Que disaient les universitaires russes que tu avais rencontrés ? Quelles étaient tes impressions sur la vie quotidienne dans la capitale soviétique ? Impatients, nous te pressions de questions. Mais nous n'avons rien appris sur la situation du pays, ou si peu. Tu nous as raconté une tout autre histoire, une histoire littéralement incroyable : celle de ta soirée en compagnie de Gorbatchev et de sa femme Raïssa dans leur datcha en Crimée, où tu avais été le témoin privilégié d'un drame conjugal tristement banal. Gorby, en effet, s'y était montré vraiment désagréable, odieux même, avec son épouse. Alors, n'écoutant que ton cœur (allez, j'en rajoute à mon tour), choqué de voir cette femme maltraitée sous tes yeux, tu as discrètement posé ta main sur sa cuisse pour la réconforter et... elle ne l'a pas repoussée.

Bigre, tu y es allé fort ! Il fallait oser inventer une scène pareille ! Nous étions stupéfaits. Edwy, qui laissait son talent d'investigateur au vestiaire quand nous étions entre amis, s'est mis, selon une de ses expressions fétiches, à chercher « la couleur des chaussettes ». Il t'a demandé mille précisions sur la datcha, les circonstances, le décor, le repas et bien d'autres choses encore. Cela devenait pénible car tu bégayais de plus en plus. Il a fini par s'arrêter et un grand, un très grand silence s'est installé. Ce n'est pas un ange qui est passé au-dessus de notre tablée, mais toute une volée. Je ne sais plus comment la conversation a repris. Quelqu'un a dû la relancer, un peu artificiellement sans doute. Quoi qu'il en soit, il y a eu un avant et un après. L'histoire de la datcha, du méchant Gorby et de la pauvre Raïssa (une sociologue brillante réputée indépendante et un couple très uni, selon les biographes) fut certainement le plus gros de tes mensonges. Celui qui pouvait mettre en péril tous tes autres récits. Pourquoi avoir pris ce risque ? J'imagine que tu n'as pas pu résister. Il doit y avoir une fascinante spirale dans l'affabulation, une irrésistible envie de relancer la balle plus loin, et encore plus loin, de tester les limites comme un enfant impatient. Tu ne pouvais pas t'en empêcher et personne n'a pu, ou voulu, t'arrêter.

En avant toute ! Ce soir-là, je pense que tu as commencé à avoir vraiment peur de t'égarer et de tout perdre. La panique, un moment, t'a envahi. Tu sentais que tu glissais. Comme toujours, tu t'es ressaisi. Mais c'était la fable de trop. Tu n'aurais jamais dû toucher la cuisse de Raïssa !

Haïti, la douleur

C'est donc Urbain, ton prénom.

Celui que t'a donné Flora, ta mère, à ta naissance en Haïti. Car c'est de là que tu viens, de ce morceau d'île de la Caraïbe et non pas de New York, comme tu le racontais. Ce nom de pape, de martyr et de saint, très catholique en somme, est peu courant. C'est également un nom commun dont le double sens de citadin et d'affable n'est pas désobligeant et pourrait t'aller bien. Mais inutile d'insister, je sais, tu ne l'as jamais aimé. « Urbain ! Urbain ! » Il sonnait vilain à tes oreilles de petit gamin quand ta tante ou tes copains te hélaient, autrefois, à Port-au-Prince. Ta véridique histoire (enfin, plus ou moins), je la tiens en partie de Serge, un ami québécois. Ses parents avaient embauché Flora comme employée de maison. La famille habitait dans le quartier résidentiel d'Outremont à Montréal. Serge avait à peu près ton âge. Flora lui parlait souvent de son garçon laissé au pays, fière de lui et un peu triste aussi. Tu devais lui manquer, c'est sûr. Mais toi, tu ne le savais pas et te sentais abandonné.

Un père inconnu, cette mère chérie partie trop tôt gagner sa vie au loin, tu es resté chez la tante Rosy qui n'était pas tendre avec son neveu rêveur et indocile. Rosy avait un amant intermittent, Joël, un gaillard, contremaître à la tannerie. Quand il venait, tu devais aller dormir chez une voisine qui mettait ses quatre gamins tête-bêche dans un grand lit, un de plus, un de moins... *Vwazinaj se fanmi* (« Les voisins, c'est la famille » en créole haïtien). Élever les enfants des autres, les déplacer, se les prêter, c'est une façon de s'entraider. Cela ne veut pas dire qu'on ne les aime pas, non. C'est juste qu'il est difficile de les avoir tout le temps sur les bras quand la vie permet à peine de souffler. Eux, les petits, ils ne le comprennent pas. Enfin pas toujours et pas toi, en tout cas.

Alors, tu t'inventais déjà un scénario de western à deux sous : quand ils auront gagné assez d'argent pour acheter un ranch au Mexique, mes parents viendront me chercher et mon père m'offrira un poulain. Blanc, évidemment, comme tout ce qui est cher et beau, blanc comme la peau des riches et des puissants. Sur une histoire familiale bancale, tu brodais déjà un début de fiction. Sais-tu que, selon Marthe Robert, le « bâtard » et « l'enfant trouvé », en inventant leur univers, sont les as du romanesque[1] ? Il est si tentant de faire ressurgir, en majesté, les pères absents ! Dans la nouvelle de Dany Laferrière *L'enfant qui regarde*, quand celui-ci raconte à sa mère qu'un inconnu a proposé de le mener jusqu'à son père disparu, elle explose : « N'écoute pas ces gens, ce sont des mythomanes, c'est un

1. Marthe Robert, *Roman des origines et origines du roman*, Paris, Gallimard, « Tel », 1977.

peuple de mythomanes[2]. » Et l'enfant, ventriloque de l'auteur sans doute, se dit : « Si on ne peut croire en personne dans cette vie, alors tout est vrai[3]. »

Vrai ou pas, en attendant, souvent, tu te cachais. « Urbain ! Urbain ! Où es-tu passé ? Réponds quand on t'appelle ! Il est impossible, ce gosse. Il va la sentir, la ceinture », criait la tante Rosy. Tu n'entendais pas, tu étais dans ton monde, loin de ces rues poussiéreuses où les petits lascars du coin te balançaient des quolibets : *Se yon fi, li pè nou* (« C'est une fille, il a peur de nous »). Une fille, la honte ! Sinon, c'était Ti zozo, un garçon, d'accord, mais avec un petit sexe et qui ne serait donc jamais un vrai mec. Tu étais différent, trop gentil, trop tendre pour cet univers-là. L'éducation s'inculquait à coups de « cuir ». Il fallait jouer les petits durs à l'âge des câlins. Ne pas se laisser impressionner

2. Dany Laferrière, *L'enfant qui regarde*, Paris, Grasset, 2022, p. 44.
3. *Ibid.*, p. 46.

par les bruits de la nuit, les roulements des tambours vaudous certains soirs, les cris d'un rapace ou les râles d'un homme, allez savoir. Crâner avec les autres, hurler avec eux, avec ou sans joie. Et ne pas pleurer, surtout ne pas pleurer, ou bien seulement en cachette. Ces souvenirs de ton enfance en Haïti, tu les as donc enfouis jusqu'à les rendre inatteignables. Du moins le croyais-tu.

À ta recherche, j'ai parcouru cette ville meurtrie et ce pays malmené, à qui la France fit chèrement payer son immense audace passée : cent cinquante millions de francs-or (cinq cent vingt-cinq millions d'euros) pour indemniser les colons que la révolte des esclaves avait chassés en 1804, sans compter ensuite la mainmise sur la banque d'Haïti et le reste. Rapines et catastrophes se sont succédé depuis. Combien de richesses ont-elles été pillées ? Combien de fois la terre a-t-elle tremblé à Port-au-Prince ? Combien de cyclones, combien de coups d'État ?

Continuer à se tenir debout, malgré tout, ce n'est pas rien !

Je t'ai cherché également dans la littérature, chez les écrivains et les poètes haïtiens à la créativité obstinée, pour dire l'enfance, les désastres, les folies, l'exil si souvent, et la vie qui résiste. « Cette époque n'était pourtant pas heureuse mais il se donnait du bonheur » écrit ton presque contemporain Émile Ollivier, qui poursuit : « Devenu par la force des choses amateur de solitude, je m'ébrouais dans les glaires du commencement, du début de la vie et chaque pas découvrait de nouvelles merveilles : la cache secrète dans le tronc d'un vieux mapou où je recroquevillais mon corps fluet, la blancheur de la grève où paresseusement étendu, je humais les senteurs du vent et son haleine d'algues broyées[4] » Ça te dit quelque chose ? Oui, j'en suis certaine. Et le tintamarre de la ville, t'en souviens-tu comme Dany Laferrière ? « C'est

4. Émile Ollivier, *Mille eaux*, Paris, Gallimard, coll. « Haute enfance », 1999, p. 85.

par le bruit que la Caraïbe est entrée en moi. J'avais oublié ce vacarme. Cette foule hurlante. Ce trop-plein d'énergie. Ville de gueux et de riches debout avant l'aube[5]. »

Ces écrivains exilés naviguent entre passé et présent. Ils se souviennent d'éclats d'enfance, d'adolescences marquées par la peur des Macoutes et ils regardent effarés, depuis leur hôtel désormais, la misère qui a enflé jusqu'à l'obscénité dans cette ville que Louis-Philippe Dalembert surnomme Port-aux-Crasses[6]. Vu du dehors, le pays va à vau-l'eau, mais le constater est insupportable, comme le sont les clichés qui l'enferment dans l'indigence, la corruption et la violence, à l'ombre d'un passé mythifié. Toi, tu n'as jamais voulu revenir, même en visite, même en passant, dans cette île où tu es né et où tu as grandi. Effacer, oublier ! Mais le peut-on vraiment ?

5. Dany Laferrière, *L'Énigme du retour*, Paris, Le Livre de Poche, 2011, p. 122.
6. Louis-Philippe Dalembert, *Le crayon du bon Dieu n'a pas de gomme*, Monaco, éditions du Rocher, coll. « Motif », 2017.

De l'enfance restent aussi les chagrins ou, pis, les démons. Parlons-en. La liesse pouvait être méchante, comme en ce jour de mardi gras, près du Sensation Bar, raconté par Jacques Stephen Alexis dans *L'Espace d'un cillement*. Les enfants ont installé « un énorme mannequin truffé de paille, censé représenter un des grands prêtres juifs du sanhédrin qui condamna Jésus. Le chef du bonhomme est fait d'une calebasse évidée dans laquelle on a découpé des yeux, une bouche, des narines ; à l'intérieur de cette tête brûle une petite bougie qui fait vivre le visage de lueurs palpitantes[7]. » Autour, une petite meute de gamins, galvanisés par La Niña Estrellita, la prostituée vedette du bar, braille et « frappe avec rage le "Juif" qui se désentripaille et s'avachit[8]. » Les pétards explosent de toutes parts, la foule se disperse et le mannequin prend feu.

7. Jacques Stephen Alexis, *L'Espace d'un cillement*, Paris, Gallimard, coll. « L'imaginaire », 1996, p. 182.
8. *Ibid.*, p. 182.

Aurais-tu fait partie de la meute ? Non, tu serais resté en retrait, mi-envoûté, mi-effrayé. Et sans doute, un autre soir, aurais-tu fui en croisant la vieille Josepha en transe, chevauchée par maîtresse Erzulie (la déesse vaudoue de l'amour et de la coquetterie), jupe levée, provocante et maquillée à outrance. Mais à Morne Zombi, la nuit où, dans le roman de Louis-Philippe Dalembert, le docteur Ruben Schwarzberg fut rebaptisé par la vieille Manbo, tu serais resté. Tu aurais écouté la prêtresse, habitée par l'empereur Dessalines, déclarer d'une voix puissante : « Nègre Schwarzberg, ce soir, je te consacre natif-natal de ce pays. Te voilà un sabra d'Ayiti-Toma. Ton nom vaillant sera désormais Moïse[9]. » Le docteur si respecté, issu d'une famille juive polonaise, réfugié à Berlin, interné à Buchenwald, libéré puis refoulé en France et finalement accueilli en Haïti comme d'autres réfugiés juifs, est un héros attachant, timide, qui bégaie comme toi quand

9. Louis-Philippe Dalembert, *Avant que les ombres s'effacent*, Paris, Points, 2018, p. 239.

il est ému et qui porte ton nom. Sa couleur n'a plus d'importance, il est nègre et juif à la fois. À un homme comme celui-là, s'il avait existé, tu aurais pu te confier et avouer tes peurs. Celles dont tu ne pouvais parler à personne. Surtout pas à Rosy qui t'aurait puni d'avoir traîné là où il ne fallait pas. Tu as dû encager tes souvenirs et tes secrets.

Faute de les connaître, je t'incruste dans les récits des autres et décalque ta silhouette au milieu de personnages qui pourraient te ressembler. Je colle, je bricole, je t'invente une mémoire plausible, à défaut d'être la tienne. Ce faisant, je marche à rebours du temps. Certaines scènes auxquelles je t'associe semblent préfigurer l'identité juive que tu t'inventeras beaucoup plus tard. Car je sais bien que tu as commencé à te dire juif quand cela est devenu, publiquement, un destin intéressant auquel d'autres minorités pouvaient s'identifier. C'est-à-dire à la faveur de ce mouvement de *revival* juif amorcé à la fin des années 1970 et devenu ample dans les années 1980, dont j'ai été, comme bien d'autres, partie prenante. Tu n'auras été ni le premier, ni le dernier, à vouloir inscrire un passé douloureux dans ce qui a été progressivement reconnu comme la mémoire référentielle du malheur absolu.

En te cherchant entre histoire et littérature, j'ai découvert ces solidarités ou ces affinités entre Juifs et Haïtiens dont parle avec émotion Charles Najman[10] et qui animent sans doute l'immense passion érudite d'Yves Chemla pour la littérature de ce pays[11]. Ces affinités auraient-elles pu également influer sur ton envie de judéité, bien des années après ? Rien n'est moins sûr. Ces éventuelles prémices ne sont que des suppositions calquées sur un de mes sujets de prédilection : les solidarités entre Juifs et Noirs auxquelles j'ai consacré un livre[12]. En me nichant dans ton his-

10. Charles Najman, *Haïti, Dieu seul me voit*, Paris, Balland, 1995, p. 291.
11. Yves Chemla, *Littérature haïtienne 1980-2015*, C3 Éditions, Port-au-Prince (Haïti), 2015.
12. Nicole Lapierre, *Causes communes. Des Juifs et des Noirs*, Paris, Stock, « Un ordre d'idées », 2011.

toire, voilà que je fabrique du souvenir et que je trafique les récits, moi aussi. À ce jeu, tu étais passé maître, je ne fais que t'emboîter le pas. À chacun sa fiction, désormais. Ta mort me laisse le dernier mot. Mais pas le dernier lieu.

Il y a quelques années, je suis allée à Martissant, là où tu as grandi, aujourd'hui l'un des quartiers les plus misérables de la capitale haïtienne. À ton époque, c'était plus mélangé, moins déglingué. Il y avait des pauvres et d'autres plus aisés, de vieilles maisons à balustrade et des baraques de guingois en tôle et planches, des chiens jaunes efflanqués et des bouts de jardin odorants de mille fleurs. Un enfant pouvait s'y balader, c'était déjà la ville, chaotique, moche, mais avec quelques beaux restes et des enclaves de campagne. Dans les réminiscences d'Émile Ollivier, Martissant rougissait d'hibiscus et de flamboyants, sentait le varech – la mer n'étant pas loin – et bruissait de vols d'oiseaux de toutes espèces. Enfant solitaire, il observait la nature, grimpait aux arbres et regardait de loin les adultes, leurs peines et leurs drôles de passions. Dissimulé par l'épais feuillage d'un manguier, il épiait ainsi les ébats amoureux de Man Rey, la voisine, et de ses trois amants[13]. Ses souvenirs pourraient correspondre aux tiens. Il s'isolait pour échapper à la passion étouffante d'une mère veuve et désemparée. Toi, en manque d'amour maternel, tu disparaissais pour fuir les cris de Rosy et les moqueries des garçons de ton âge. Deux enfants à l'écart. Émile Ollivier est né en 1940, toi en 1947. Le quartier a-t-il changé en sept ans ? Sans doute pas tellement. Comme le petit Émile, tu devais aimer la marelle qui mène au ciel à cloche-pied et te percher dans les manguiers. Cependant, je t'imagine moins audacieux, moins acrobate que lui. Je sais aussi que tu étais moins bien loti.

Il habitait avec sa mère une « propriété prise entre l'asphalte et la mer, dernier vestige de l'héritage du grand-père Léo Souffrant, située non loin de l'habitation que Pauline Bonaparte

13. *Op. cit.*, p. 91-96.

avait reçue en cadeau du général Leclerc[14] ». Tu logeais avec Rosy dans un rez-de-chaussée au fond d'une étroite venelle. L'habitation Leclerc, perchée au sommet d'une colline, dominait la baie de Port-au-Prince. Rachetée en 1944 par la danseuse américaine Katherine Dunham, elle a abrité dans les années 1970 un hôtel de grand luxe (où descendaient, dit-on, Jacqueline Kennedy-Onassis et Mick Jagger) avant de s'écrouler, livrée à la végétation et aux squatteurs. C'est devenu, depuis quelques années, le parc de Martissant, un espace boisé de dix-sept hectares abritant un jardin de plantes médicinales, un centre culturel et le mémorial du 12 janvier en hommage aux victimes du séisme de 2010. On le visite. J'y suis allée. Des enfants jouaient autour d'un toboggan jaune, offert sans doute par une ONG. Les jeux avaient changé, comme tout alentour.

Parti en 1965 au Québec et revenu bien des années après, Émile Ollivier n'a rien reconnu.

14. *Ibid.*, p. 84.

« Même les oiseaux avaient déserté Martissant[15]. » Dans ces conditions, impossible de retrouver la venelle de Rosy, si tant est qu'il en soit resté quelque chose après le séisme. Elle devait ressembler à cette impasse filant entre deux échoppes en parpaing fermées par des grilles de fer, devant laquelle je suis passée. D'un côté, la pharmacie de la Paix qui propose, en grandes lettres beiges dégoulinant sur la devanture vert épinard, des vitamines pour homme. De l'autre, le dépôt La Fidélité de Dieu, qui promet des provisions alimentaires, en gros et en détail. Les peintures sont écaillées. Depuis mon taxi cahotant, derrière la vitre sale, j'ai pris quelques photos. Tout avait l'air fermé. On ne se promenait pas dans ce coin-là. C'est pire désormais avec les gangs. Il paraît que la police a capitulé et que les humanitaires sont partis. Trop dangereux.

L'école t'a sauvé. Et d'abord la foi de Flora dans l'éducation pour te sortir du quartier et

15. *Ibid.*, p. 122.

t'arracher à un destin de pauvre tout tracé. Je ne sais pas si elle avait senti que son petit était différent ou si elle avait simplement projeté sur toi ses espoirs et ses rêves. Selon Serge, elle aurait voulu t'envoyer au Petit Séminaire Collège Saint-Martial tenu par les Spiritains, une école de bonne réputation où les miséreux comme toi n'allaient pas. Peine perdue, mais tu as quand même poursuivi ta scolarité jusqu'au lycée Pétion. Un exploit dont je n'ai pas toutes les clés. Flora expédiait régulièrement des mandats à Rosy contre la promesse de t'envoyer à l'école, et Rosy a tenu parole. Elle répétait que tu devais travailler pour que ta mère soit fière (*Ou dwe travay pou fè manman w fyè*). Cela ne suffit pas. Tu étais doué, bien sûr. Peut-être as-tu rencontré en route un enseignant qui t'a encouragé et poussé à continuer. Les jeunes solitaires, comme tu l'étais, sont d'autant plus sensibles à l'influence de ceux qui croient en eux. Peut-être as-tu été entraîné par un camarade. Sans doute as-tu senti que c'était la seule échappée, l'unique moyen de fuir la misère et les moqueries des petits machos en herbe de Martissant. Travailler dans le brouhaha, sur un coin de table, ou même sans table, assis sur un lit ou une marche d'escalier, tu n'auras pas été le premier.

Ni le dernier, ai-je pensé en voyant les cohortes animées d'enfants dans les allées de Livres en folie, la Foire du livre de Port-au-Prince, en mai 2018[16]. Des bus entiers les déversaient, joyeux, près du jardin du musée du Panthéon national haïtien (MUPANAH), où se tenait la manifestation. Parmi ces milliers d'écoliers, invités par les organisateurs pour rencontrer les auteurs et découvrir leurs ouvrages, certains arrivaient-ils du bidonville de Cité-Soleil ou du quartier déshérité de Martissant ? Je l'ignore. Des groupes en uniforme venaient à l'évidence d'institutions religieuses privées. Selon l'instituteur d'une école de quartier pauvre, qui accompagnait une cinquantaine d'enfants âgés de huit à dix ans, les livres étaient trop chers pour eux malgré les

16. 24e édition.

réductions, mais ils repartiraient quand même avec quelques volumes à se partager et avec l'envie de lire, du moins l'espérait-il. Et après ? L'essentiel est qu'il y ait un après.

Tout ce que j'ai perçu de ce pays me ramène à ton histoire, pleine de lacunes et d'ombres. Ce goût de la lecture qui ne t'a jamais quitté, je pense que tu l'as eu très jeune, toi aussi. L'admiration pour les intellectuels et les écrivains a dû venir avec, au point de te donner l'envie d'être l'un d'eux un jour. Le désir d'accumuler les livres, tu l'as assouvi dès que tu en as eu les moyens. Ils envahissaient ta maison du sol au plafond à Paris. Je t'imagine, adolescent, passant des heures dans la librairie La Pléiade qui étire toujours son long couloir au 83, rue des Miracles, à Port-au-Prince. Tu fouillais dans les rayons, feuilletant ce que tu n'achèterais pas. Est-ce là, chez le vieux Lafontant, que tu as découvert tes premiers livres marxistes ? Dany Laferrière raconte que, même sous la dictature de François Duvalier, on trouvait rue des Miracles, la bien nommée, dans un coin pour initiés, des publications des éditions Maspero[17].

Avec la jeunesse est venue la politique et, avec la politique, la peur. Le lycée Pétion, au début des années 1960, était sous l'étroite surveillance de la police duvaliériste. Une purge baptisée « réorganisation » avait eu lieu en avril 1959. Sous prétexte « d'infiltrations communistes », le lycée avait été provisoirement fermé, le principal, Marcel Gilbert, arrêté et de nombreux professeurs avaient préféré se cacher. Tu y es arrivé à la rentrée suivante, la reprise en main était achevée à coups d'arrestations et de remplacements. Il en est allé de même en milieu étudiant après la grève de 1961. D'année en année, la situation n'a fait qu'empirer. L'ambiance était pesante et l'inquiétude permanente. Pas question de parler politique dans l'établissement, des lèche-bottes et des mouchards se tenaient prêts à dénoncer la moindre velléité de critique. Pourtant, des

17. *Op. cit.*, p. 150.

informations filtraient, notamment à propos du mouvement Jeune Haïti. Durant l'année 1963, plusieurs actions furent lancées à partir de Saint-Domingue pour tenter de renverser la dictature du président François Duvalier, dit « Papa Doc ». À chaque fois, la répression, menée par ses milices, les sinistres Tontons Macoutes, fut féroce : traque, torture, exécutions sommaires dans la prison de Fort Dimanche et massacre d'hommes, de femmes et d'enfants, pour que règne l'ordre de la terreur.

Malgré cela, en 1964, alors que Papa Doc venait de s'autoproclamer président à vie, un groupe follement hardi et désespéré de treize militants armés a tenu retranché pendant trois longs mois. Un exploit et un insupportable défi pour le dictateur. Les deux derniers survivants, Louis Drouin et Marcel Numa, ont été attachés face au peloton d'exécution dans la matinée du 12 novembre 1964. Des centaines d'écoliers et de lycéens, amenés sur ordre de Duvalier, assistèrent à l'exécution devant le mur du cimetière. Elle fut en outre filmée et rediffusée, tout au long de la semaine, par l'unique chaîne de télévision de Port-au-Prince. Nul n'était censé ignorer le prix de la révolte, même pas les enfants. Châtiment public et cruauté exhibée devaient inscrire l'obéissance dans la durée. Tu avais dix-sept ans et tu les as vus tomber.

Rosy, l'air sombre, ne cessait de répéter : *Pwoblèm pap fini* (« cela ne va pas s'arranger »). À la tannerie où travaillait Joël, plusieurs ouvriers avaient disparu du jour au lendemain, emmenés par les Macoutes et tués, sans aucun doute. Alarmée par la situation, Flora t'a envoyé un mandat pour acheter un billet d'avion en te suppliant de la rejoindre sans tarder. Tu es donc parti, pour toujours. Heureusement, c'était le printemps, tu n'as pas eu à affronter dès l'arrivée la neige et le froid. Mais, de Martissant à Montréal, le choc fut rude. Tu n'imaginais pas ta mère « bonne à tout faire ». Cette autre misère, moins violente mais plus humiliante au milieu de l'aisance alentour, te faisait honte. À l'université, tu te sentais perdu, tu n'avais pas les codes de cette jeunesse québécoise joyeuse et désinvolte. Tu n'aimais pas non plus le miroir que te tendait le petit monde des exilés haïtiens. Quand l'hiver, le vrai, est arrivé et qu'il a fallu circuler en ville par les sous-sols, c'en était trop, tu n'as pas supporté. Tout te glaçait là-bas.

Partir une fois encore, changer de vie, changer de nom, changer la donne, en somme. C'était ce qu'il y avait de mieux à faire.

Un désir d'odyssée

Ulysses Moïse, cela sonne bien, et puis quel bel héritage !

Tu as choisi « Ulysses » après avoir quitté Montréal et laissé derrière toi toutes celles et ceux qui t'appelaient « Urbain ». *Nomen est omen*, dit l'adage latin. L'idée que le nom dessine un destin est répandue dans de nombreuses cultures. Pour changer l'un, il faudrait donc changer l'autre. Il arrive ainsi que pour éloigner une calamité, maladie ou mauvais œil, on donne un nouveau nom à l'enfant menacé. Cette pratique (que l'on retrouve dans le judaïsme, l'islam, certaines traditions chrétiennes et diverses sociétés traditionnelles), cherche à tromper le sort pour attirer la chance. Alors *ciao* Urbain, le nom mal-aimé d'un enfant qui se sentait né sous une mauvaise étoile. Partir vers d'autres cieux et devenir Ulysses te promettait une nouvelle odyssée et peut-être – qui sait ? – un avenir radieux.

Je suis calée, vois-tu, sur la question des changements de nom. J'ai publié un livre sur le sujet en 1995, quatre ans après ta mort. Je me suis même offert le plaisir de me le dédier par un envoi à Colombe Lipsztejn. Le changement de nom de famille officiel de Lipsztejn à Lapierre fut un choix de mon père après le génocide. Colombe est mon second prénom. Toi, tu n'as pas abandonné ton patronyme Moïse, qui à la réflexion ne fait pas très chinois, mais personne autrefois ne s'en est étonné. En passant d'Urbain à Ulysses, tu as gardé l'initiale. J'ai remarqué que, outre l'aspect pratique, conserver au moins la première lettre du nom ou plusieurs, le traduire ou le raccourcir, sont autant de façons de préserver une trace cachée, un signe pour soi. Cela permet également de ne pas s'arroger le pouvoir démiurgique de se renommer tout à fait. Était-ce une de tes motivations secrètes, voire inconscientes ? Je n'en sais rien.

Dans le poème homérique, à chaque rencontre nouvelle, on attend de l'étranger qu'il annonce d'où il vient, qui il est et comment il se nomme. « Mon nom est Personne », dit Ulysse à Polyphème. Ce mensonge lui sauve la vie. Après avoir saoulé le cyclope de vin noir et profité de son sommeil pour planter un pieu durci au feu dans son œil unique, Ulysse et ses compagnons peuvent s'enfuir accrochés à la toison touffue du ventre des moutons, car les autres cyclopes, alertés, retournent dans leur caverne en apprenant que « personne » n'a commis le forfait. Le stratagème est parfait, la fameuse intelligence rusée triomphe de la force brute et le monstre aveuglé n'y a vu que du feu. Ulysse, c'est bien connu, est un malin, « l'homme aux mille tours », prompt à déguiser son identité pour arriver à ses fins. Ainsi, au terme d'un long périple semé d'innombrables dangers, emporté au-delà du monde des humains, il rentre à Ithaque sous les traits d'un mendiant pour débusquer les imposteurs et massacrer les prétendants.

L'incognito n'est utile ou vraiment désirable que pour les célébrités. Et encore, un moment seulement. Ulysse ne résiste pas au plaisir, une fois hors de portée, de révéler au cyclope sa véritable identité. Le vantard est puni et le récit rebondit. Car, connaissant son nom, Polyphème peut demander à son père Poséidon de le venger en jetant à l'impudent une terrible malédiction. Ainsi va le mythe où, finalement, on sait toujours qui est qui. Mais dans la vie de tout un chacun, n'être rien, ou personne, n'est pas un sort enviable. Ma mère, qui n'était pas tendre, cultivait une fine hiérarchie très injustement réservée aux femmes : elle distinguait la « pas grand-chose » de la « rien du tout » et de la « moins que rien », sans compter « la fille ordinaire » et « la femme quelconque ». Des préjugés bourgeois, sociaux et sexistes à la fois. Je peine à trouver l'équivalent masculin, sinon dans la figure du « bon à rien » ou dans celle du vaurien. Au fond, tu le sais bien, c'est toujours une question de manque et de privation.

Prendre le nom du héros de l'*Odyssée* pour être quelqu'un, gagner en prestige, devenir le personnage de tes rêves et un peu des nôtres, c'est habile. Bravo l'artiste ! Tu ne pouvais mieux choisir. Comme lui, tu as vogué d'épreuves en aventures et ton parcours fut jalonné de rencontres exceptionnelles. Chez Homère, les hommes commercent avec les dieux et l'audace des premiers suscite souvent l'ire des seconds. Toi, tu prétendais entretenir des relations avec des célébrités qui, toutes, se montraient bienveillantes à ton égard. Surtout les femmes. Combien de Circé, de Calypso, de Nausicaa as-tu séduites et quittées ? Prince de l'esquive, aucune ne t'a gardé. Les désirais-tu vraiment ? Je n'en suis pas certaine. Tu adorais leur compagnie complice, protectrice, ça oui. Mais n'as-tu pas aimé en secret quelque marin au cours de ton périple ?

Je me suis posé la question, d'autres amis aussi. Nous n'aurons jamais la réponse et cela n'a pas grande importance. Te voilà devenu un héros littéraire au milieu d'autres, et non des moindres. C'est là, encore une fois, que je te cherche.

Ulysse, le « vrai », celui de la mythologie, veut rentrer à Ithaque retrouver sa Pénélope, sa patrie, son royaume, son vieux père Laërte et son fils Télémaque, ses propriétés, en quelque sorte. De tous les dangers qui le guettent, l'oubli de son passé et la perte du désir de retour sont les plus menaçants, pires que les monstres ou les géants, rappelle Jean-Pierre Vernant[1]. Certains se sont gaussés de ces attachements qui le guident, ou le brident. Giono en a fait un paysan volage, poltron mais plein d'imagination, qui invente ses aventures pour couvrir ses frasques et ne rentre à Ithaque que parce qu'il est jaloux des ébats de l'infidèle Pénélope avec le jeune Antinoüs.

1. Jean-Pierre Vernant, *L'Univers, les Dieux, les Hommes*, Paris, Seuil, « La Librairie du xxe siècle », 1999, p. 119.

Comme l'explique Phaétousa, l'épouse du marchand d'huile, qui n'est pas dupe : « Certes, il n'était pas un trop mauvais garçon, mais il avait menti, menti d'affilée, comme on respire, comme on boit quand on a soif, tant et tant qu'il ne connaissait plus le vrai du faux, qu'il n'y avait plus de vrai dans sa vie, son imagination cristallisant sur chaque brin de vérité une carapace scintillante de mensonges[2]. »

Colportés par l'aède aveugle, ces séduisants mensonges feront la réputation d'Ulysse, son salut et sa prison. Le faux, désormais, l'emporte sur le vrai. Tandis que Télémaque raconte, sans talent, les vraies épreuves qu'il a traversées, le philosophe Kallimaquès, lassé par le récit du fils, se tourne vers Ulysse et lui dit : « Maître Ulysse, changez-nous un peu de ces jeux de cervelle : j'ai besoin d'écouter quelque chose qui sente sa réalité[3]. » Chez Giono, comme plus encore

2. Jean Giono, *Naissance de l'Odyssée*, Paris, Grasset, « Les Cahiers Rouges », 2016, p. 76.
3. *Ibid.*, p. 168.

auparavant chez Joyce et son antihéros Leopold Bloom, c'en est fini de l'épique épopée, née dans l'oralité. Tout est cul par-dessus tête. Reste la littérature, qui tire son épingle du jeu en révélant son ressort de fable et de fiction sous la houlette de l'auteur tout-puissant. De toi à moi, j'y vois comme une caution.

Vladimir Jankélévitch, lui, dans son beau texte sur l'aventure, fait du grand homme un pantouflard ou presque : « Aventurier par force et casanier par vocation[4] ». À l'Ulysse d'Homère et à son périple antique dans une mer fermée, le philosophe oppose l'aventure radicale de celui de Dante dans *La Divine Comédie*, qui cingle droit vers l'inconnu au risque de s'y perdre. En général, les héros ne font pas de vieux os, on les voit mal couler des jours heureux au coin d'un bon feu. Ta mort, si précoce, nous a saisis, mais souvent nous nous sommes dit depuis que

4. Vladimir Jankélévitch, *L'Aventure, l'Ennui, le Sérieux*, Paris, Aubier, 1963, p. 26.

l'on ne pouvait t'imaginer vieillir. L'Ulysse de Dante meurt comme toi dans la force de l'âge. Il ne s'attarde pas à Ithaque, la curiosité et le goût du large l'empoignent. Alors il repart pour un dernier voyage jusqu'au bout du monde humain et franchit, malgré l'interdiction, les Colonnes d'Hercule. Il sort de la Méditerranée et débouche sur l'inconnu d'un océan, à perte de vue. La tempête qui emporte son navire est le châtiment de celui qui a voulu trop voir et trop savoir. Suivront les flammes de l'enfer. Dans cette version, Jankélévitch est séduit par l'audace, le risque sans calcul, l'appétit de découvertes annonçant la Renaissance. Borges, de son côté, y voit « le processus obscur et complexe d'un suicide[5] ». Sautant à travers les siècles, il compare l'Ulysse dantesque au capitaine Achab de *Moby Dick*, l'un et l'autre courant, avec une folle hardiesse, à leur perte. Deux aventuriers suicidaires, en somme.

5. Borges, *Neuf essais sur Dante*, *Œuvres complètes*, Paris, Bibliothèque de la Pléiade, 1999, t. 2, p. 842.

L'idée de punition et la christianisation de l'histoire, en revanche, sont pour Jankélévitch comme pour Borges hors champ. Ce n'est pas ce qui les intéresse. Ni toi, ni moi non plus. Tout visionnaire qu'il soit, Dante est aussi de son temps. Comment faire autrement ? Mais là n'est pas l'essentiel. Nous savons que les hommes n'ont pas besoin d'un dieu pour fabriquer des enfers. Dans celui d'Auschwitz, Primo Levi voulait réciter l'Ulysse de Dante à Jean, le Pikolo de son Kommando, alors qu'ils allaient ensemble chercher la soupe. Il citait en italien les vers qui lui revenaient et les traduisait maladroitement en français. Il ne se souvenait pas de tout, loin de là, il y avait des trous, des manques. Mais cette évocation, à ce moment précis, s'imposait à lui comme une « fulgurante intuition[6] » de ce qui allait, pensait-il, les engloutir.

À chaque époque son ou ses Ulysse. Selon Sophie Rabau, savoureuse savante qui excelle

6. Primo Levi, *Si c'est un homme*, Paris, Julliard, 1987, p. 151.

à lire les grands textes à rebrousse-poil, Ulysse ne rentre pas. Du moins au sens fort du retour inéluctable et définitif, du même retrouvant le même, du ré-enracinement, en somme. « Au magasin des faux bruits, fariboles et autres arnaques colportées par la philologie classique et relayées par l'institution scolaire en charge de construire notre commune culture européenne, le ragot selon lequel Ulysse est rentré chez lui est indubitablement le plus idiot et le plus inexact[7] », assène-t-elle. D'accord, il repasse par Ithaque, mais c'est pour repartir, comme le lui avait prédit Tirésias au chant XI de l'*Odyssée* et comme l'a compris Dante. Une halte tout au plus. Car tout a changé, tout est méconnaissable, à commencer par lui qui a atteint un point de non-retour. Inutile de se bercer d'illusions, rentrer pour de bon ne peut être qu'une déception. Alors pourquoi s'obstiner dans cette version ? « Parce que rentré comme il convient, on chargera ses

7. Sophie Rabau, « Ulysse : ne rentre pas », *Vacarme*, 2015/4, n° 73, p. 20.

épaules des sacs pleins du sens que l'on attache au retour, aux départs, aux périples, aux cercles si bien bouclés[8]. » Parce qu'il faut que chaque chose ou chaque être reste ou revienne à « sa » place.

De nos jours, les héros affrontant de nombreux dangers pour s'inventer un nouveau destin sont ces migrants dont les navigations s'avèrent de plus en plus périlleuses. Certains se sont échoués sur les rivages grecs ou italiens, sur les pourtours de cette mer Méditerranée devenue pour d'autres un cimetière. De l'odyssée antique à celles d'aujourd'hui, la vaillance n'est pas jugée à la même aune, faute de récits célébrant aventures et épreuves. Je l'avais regretté dans un livre qui, en 2015, rendait hommage au migrant qu'avait été mon père[9]. Et voilà que, en te cherchant parmi les diverses résurgences d'Ulysse dans la littérature, je découvre que quelques années plus tôt, en 2008, Éric-Emmanuel Schmitt, faisant déjà ce

8. *Ibid.*, p. 25.
9. Nicole Lapierre, *Sauve qui peut la vie*, Paris, Seuil, 2015.

constat, avait écrit *Ulysse from Bagdad*, roman dont le héros est un clandestin parti d'Irak pour tenter de gagner l'Angleterre[10]. Il se nomme Saad Saad, ce qui en arabe signifie « Espoir Espoir » ou « Chance Chance » et (phonétiquement) en anglais « Triste Triste ». Il est tour à tour l'un et l'autre. « Souvent [dit-il] je rêve d'avoir été avant d'être, je rêve que j'assiste aux minutes précédant ma conception : alors je corrige, je guide la roue qui brassait les cellules, les molécules, les gènes, je la dévie afin d'en modifier le résultat. Pas pour me rendre différent. Non. Juste éclore ailleurs[11]. » Le hasard des naissances, tu le sais, est une loterie où l'on tire beaucoup de mauvais numéros.

Quel Ulysse voulais-tu être ? Nulle nostalgie, nulle envie d'un retour en Haïti, ce pays a été définitivement rayé de la carte de ta vie. Tu

10. Éric-Emmanuel Schmitt, *Ulysse from Bagdad*, Paris, Le Livre de Poche, 2016.
11. *Ibid.*, p. 9.

avais, en revanche, mille tours pour échapper au sort prévu par ta naissance et mille ruses pour leurrer tes auditoires. À commencer par celle qui ne faisait pas de toi un émigré venu d'un pays pauvre, comme tu l'avais été dans le froid montréalais, mais un Noir américain à Paris, ancien déserteur pour les uns, ancien marine pour les autres, né où il fallait en somme, et déjà auréolé de bravoure. À partir de cette première trame, tes variations et improvisations ont été nombreuses. En parlant avec les unes ou les autres, je me suis retrouvée sous une avalanche de mensonges qui, s'accumulant, forment un roman dont tu es à la fois le personnage, l'auteur et la victime.

Selon Sylvianne, cette autobiographie permanente et fictive était moins un moyen de berner tes amis qu'une façon d'enchanter ta vie. Sylvianne parle de toi avec indulgence et tendresse. « Il offrait ses affabulations tels des bouquets de fleurs et je les recevais ainsi », dit-elle. Me revient, en écho, ce que Gabriel Audisio a écrit à propos de l'Ulysse d'Homère qu'il admirait tant : « Il est évident qu'Ulysse, en ses propos, s'écarte souvent de la vérité. Ce n'est pas qu'il en prenne systématiquement le contre-pied. Non, il part du réel, il le colore, il le transpose, il agit sur lui comme le fait un artiste. Dites, si vous voulez, qu'il ment mais dans la même mesure qu'un poète[12]. » Un poète qui, comme l'Ulysse de Benjamin Fondane, s'arroge :

le droit de bafouiller les meilleures répliques
d'improviser un monde en marge de l'Auteur [...]
en criant, excédé, vers le public des loges
"Il n'y a pas assez de réel pour ma soif !"[13]

Pour toi aussi, le réel était trop petit à l'aune de tes envies. Tes improvisations étaient souvent poétiques. Quant à la folle spirale de tes mensonges, elle avait quelque chose de suicidaire.

12. Gabriel Audisio, *Ulysse ou l'intelligence*, Paris, Gallimard, 2002, p. 58.
13. Benjamin Fondane, *op. cit.*, p. 21.

Tu t'y es jeté à corps perdu, jusqu'au bout de l'aventure.

Souvent, je me suis dit que tu ressemblais à Corto Maltese, le héros des albums d'Hugo Pratt, un Corto noir. Pas trait pour trait, bien sûr. Ta silhouette était nettement moins longiligne, elle était même – pardonne-moi, je sais le sujet délicat – légèrement grassouillette. Tu n'as jamais eu de rouflaquettes et affectionnais les chapeaux, pas les casquettes. Mais il y avait cette dégaine générale de marin sophistiqué aux pérégrinations houleuses avec une boucle d'oreille du côté gauche comme dans la marine marchande (à droite, selon Corto, c'est dans la marine de guerre). En fait, c'est moins une question d'allure que de style, de ligne de vie et de bonne fortune. Au fait, sais-tu que Corto Maltese n'avait pas de ligne de chance ? Il en a tracé une dans sa paume gauche avec le rasoir de son père, un homme qui partait loin et revenait de moins en moins. L'outil coupant d'un père manquant pour trancher à vif dans la chair et ouvrir les possibles, quelle trouvaille !

Le vrai géniteur du héros bourlingueur, le dessinateur Hugo Pratt, s'inscrit dans la lignée des grands conteurs d'aventures, les Conrad, les Melville, les Stevenson. Légendaire ou pas (avec lui aussi, le doute est permis), il raconte que lorsqu'il avait quinze ans, son père, qui allait mourir peu après, lui a offert *L'Île au trésor* de Stevenson en anglais en lui disant : « Maintenant, va à la recherche de ta propre île[14]. » Hugo Pratt dit également que pour lui, « Homère est la plus grande référence littéraire, à la fois un père et un modèle[15]. » Les pères inconnus, absents ou trop tôt disparus légueraient-ils aux fils démunis une imagination débordante ? C'est là sans doute un des ressorts de la mythologie, des mythes et parfois des mythomanies. En tout cas, à prendre

14. Hugo Pratt, *Conversation avec Eddy Devolder*, Gerpinnes (Belgique), éditions Tandem, 2001, p. 27.
15. Hugo Pratt, *Le Désir d'être inutile. Souvenirs et réflexions, entretiens avec Dominique Petitfaux*, Paris, Robert Laffont, 2011, p. 273.

Hugo Pratt au mot, son héros est donc un parent d'Ulysse, un membre de la famille des grands voyageurs hâbleurs, dont tu es un lointain, et très modeste, rejeton. Vois comment il se présente (et ce n'est qu'un début) :

> *J'ai étudié à l'école hébraïque de La Valette et puis à Cordoue avec le rabbin Ezra Toledano, c'est lui qui m'a initié à la Torah et qui m'a raconté d'autres histoires secrètes. Quoi qu'il en soit, ce que je me rappelle le mieux c'est le jour où je suis parti de Malte en m'embarquant sur le Golden Vanity, un magnifique trois mâts ; depuis lors, j'ai toujours navigué de par le monde. J'ai connu Raspoutine, Jack London et bien d'autres*[16].

En termes de bonnes fréquentations, c'est sûr, tu es largement battu. Quant aux risques encourus par l'abus d'imagination, ils sont annoncés par Bouche Dorée, la sorcière sans âge. À Corto qui lui dit : « Ce serait bon de vivre dans une fable »,

16. Site Corto Maltese, Mon histoire, https://cortomaltese.com/fr/mon-histoire/

elle répond : « Mais toi, tu vis continuellement une fable et tu ne t'en aperçois plus. Lorsqu'un adulte entre dans le monde des fables, il ne peut plus en sortir. Le savais-tu[17] ? » Bouche dorée a raison : la bulle de la fiction peut devenir une prison.

Urbain, tu pouvais te faire tout petit et te cacher dans les branches d'un manguier. Ulysses, tu as voulu te grandir et t'échapper au large. Te voilà piégé dans un personnage. Tu es entièrement à ma merci, désormais. Je peux n'en faire qu'à ma tête, glisser mes marottes dans ton histoire, divaguer sur ta vie et dériver sur tes noms. Moïse, celui qui t'a été transmis par Flora, est courant en Haïti. Les anciens prénoms d'esclaves et ceux des libres de couleur ont souvent été gardés comme noms de famille après la Révolution. *A fortiori* celui du libérateur qui a conduit les Juifs hors d'Égypte où ils étaient esclaves. Un grand mythe émancipateur célébré par le plus fameux des negro spirituals.

17. Hugo Pratt, *Corto Maltese en Sibérie*, Casterman, 2015, p. 5.

Te souviens-tu que chez Jonas, à New York, entre Keith Jarrett et Nina Simone, nous écoutions en fredonnant Louis Armstrong chanter *Go down Moses. Let my People Go* ? Plus tard, quand tu te diras juif, ce nom sera une confirmation ayant force d'évidence. Moïse, Mosche, pas de doute, cela sonne juif... Les évidences, il ne faut pas s'y fier. Pas plus qu'à la force des textes canoniques.

On connaît l'histoire biblique, racontée au chapitre II de l'*Exode*, du bébé juif dérivant dans une corbeille de jonc sur le Nil et sauvé par la fille du Pharaon qui le nommera Moïse, c'est-à-dire « sauvé des eaux ». Pourtant, selon Freud, « l'homme Moïse » n'était pas hébreu mais égyptien. Il en veut notamment pour preuve (discutée, mais tel n'est pas ici le sujet) le fait que ce nom serait « issu du fonds linguistique égyptien[18] ». Et il voit un autre indice dans la « parole difficile », autrement dit le bégaiement du premier prophète du judaïsme, qui pourrait

18. Sigmund Freud, *L'Homme Moïse et la religion monothéiste*, Paris, Gallimard, « Folio Essais », 2005, p. 64.

être le signe ou la trace de son extériorité au monde hébreu : « Le récit conserve peut-être le souvenir, légèrement déformé, du fait que Moïse fut un allophone qui ne pouvait communiquer sans interprète avec ces Néo-Égyptiens sémitiques, tout au moins au début de leurs relations[19]. » La « langue embarrassée » (*Exode* IV, 10-11) trahirait donc l'étranger.

Me replongeant dans cet étonnant dernier texte de Freud écrit dans un monde crépusculaire (et publié en 1939, l'année de sa mort), je me dis que tu refusais de lire le père de la psychanalyse et accordais peu de crédit à ses théories pour éviter peut-être d'élucider ce qui, en toi, bégayait.

19. *Ibid*, p. 101.

Chœur

Si l'on met bout à bout tes mensonges, cela donne l'impression d'un flot continu de fables invraisemblables. Mais c'est une reconstruction trompeuse, une illusion que je ne voudrais pas entretenir sur l'illusionniste que tu étais. Car tes fables se sont égrainées au fil de relations amicales qui ont duré souvent plus de vingt ans et qui étaient tissées tout autant de discussions familières et de moments partagés. Tu étais affabulateur, ô combien, mais pas à temps complet. Il y avait du vrai, du faux, de l'à-peu-près et du plausible, des versions différentes et parfois contradictoires dont les destinataires n'étaient pas les mêmes et que personne ne cherchait à recouper. Tu improvisais selon ton humeur, selon les gens, et selon l'inspiration du moment probablement.

Je me rends compte maintenant que tout pouvait donner matière à invention. Tu picorais des idées à droite, à gauche, avec une préférence pour l'actualité, les faits vus à la télé ou lus dans les journaux, les films, les livres, les dernières nouvelles circulant dans le hall de la Maison des sciences de l'homme ou ce que tu venais d'entendre au café Raspail, à côté. La mythologie comme les mythes populaires nourrissaient également ton imaginaire. Dévoreur de récits, tu étais dévoré par ton histoire que j'explore comme un peu mienne et voudrais écrire sans trop te trahir. C'est-à-dire en inventant dans tes traces. Je t'avoue que j'y prends plaisir. Mystifiera bien qui mystifiera la dernière...

On pense généralement que les menteurs agissent par intérêt, pour en tirer avantage en gagnant un bien matériel ou symbolique. C'est en partie vrai. Quand, tel Zelig, tu te mettais à côté des célèbres ou des puissants, de même quand tu prétendais avoir participé à des événements historiques marquants, cela te donnait de l'importance. Tu avais ainsi toujours une connaissance, une expérience, un voyage d'avance. Mais peut-être que l'on fabule aussi sans calcul, mû par une impulsion soudaine, pour se distraire de sa propre vie plus que pour distraire les autres et leur plaire. Une sorte de prolongement de ce plaisir enfantin à se raconter des histoires dont on est l'héroïne ou le héros. Je suppose qu'à la longue on peut même mentir par habitude, ou fonctionnellement parce qu'une affabulation vient en cacher une autre. Y croit-on ? Croyais-tu à tes mensonges, un peu, beaucoup, passionnément ou pas du tout ? Cela devait dépendre des situations et de ce que te renvoyait ton public. Car tu en avais besoin pour solidifier ce que tu racontais.

En prenant tes récits pour argent comptant, nous te confortions dans cette existence où tu te projetais. Nous prenions part à l'élaboration de tes mirages. Notre connivence un peu fascinée validait tes vies romancées. En balayant l'incrédulité qui, parfois, surgissait, en bridant nos curiosités et en retenant nos questions, nous voulions sans doute éviter de te blesser par des soupçons. Mais nous ne voulions pas non plus rompre le charme. Le conteur n'est rien sans son auditoire et nous aimions tant tes histoires. Ce qui nous plaisait plus que tout, je crois, c'est que tu réunissais en toi plusieurs identités et plusieurs destinées. Tu ne peux pas imaginer comment, vu d'aujourd'hui où croissent les obstinations identitaires, ce souvenir fait du bien, ni combien il paraît loin, très loin. Juif, noir, un peu chinois (mais cela comptait moins), cosmopolite, aventurier et polyglotte, intellectuel polyvalent, marxiste hétérodoxe, chercheur sans statut, faisant à l'occasion l'acteur ou le mannequin. Quel splendide cumulard ! Tes marginalités faisaient résonner à nos oreilles divers battements du monde. Bref, nous t'avons un peu fait Ulysses et étions tes complices. Nous formions comme une chambre d'écho, le chœur antique qui réverbère les hauts faits du héros.

Pour avoir vécu toutes les aventures que tu nous racontais, il t'aurait fallu un sacré don d'ubiquité. Mais personne ne songeait à y regarder de près, ni à vérifier tes dires. Nous n'étions pas très curieux, nous ne te bombardions pas de questions. De toute façon, chaque fois que quelqu'un demandait trop de précisions, tu te mettais à bégayer. C'était décourageant. Rétrospectivement, on peut s'étonner de cette crédulité générale. En réalité, il s'agissait d'une naïveté relative et d'une indulgence consentie. Parfois, quelqu'un disait « Ulysses exagère » ou « Ulysses en rajoute ». Les doutes ne portaient pas à conséquences. Plusieurs amis ayant vécu aux États-Unis s'étaient étonnés que tu n'aies pas l'accent américain, mais plutôt un accent indéterminé, difficilement identifiable. Tu leur avais expliqué qu'avec ta famille, pendant une partie de ton enfance, vous n'étiez pas aux États-Unis et que, ayant tellement bourlingué après, tu avais fini par prendre une sorte d'accent international. Après tout, quelle importance ?

Nous n'avions pas envie d'aller fouiller, ni de te confronter à certaines invraisemblances qui sautaient aux yeux. En plus d'être inutilement cruel, cela aurait été déloyal. Monique, une ou deux fois, a été sur le point de te dire d'arrêter de lui raconter des amours à l'évidence imaginaires, mais elle n'a jamais osé franchir le pas. Denis a vu ses soupçons confirmés le jour où tu lui as fait un chèque sur lequel le prénom avait été raturé. Il a pris une loupe et déchiffré *Urbain*. Hésitant, ambivalent, il ne t'en a jamais parlé. Il préférait préserver l'amitié, jusqu'au bout. Une amitié, m'a-t-il confié récemment, qui a beaucoup compté pour lui au point qu'il lui arrive encore parfois de rêver de toi. Tu bénéficiais de la bienveillance générale parce que tu étais drôle, gentil, généreux et que tu racontais des histoires que l'on avait plaisir à entendre. Nous nous laissions prendre d'autant plus volontiers que tu fabulais en miroir de nos intérêts et de nos curiosités. Surtout les premières années. Plus tard, perplexité et scepticisme se sont insinués. Quelques amis se sont éloignés en découvrant que tu avais signé ou cosigné des textes que tu n'avais qu'en partie écrits. Un vieux complice s'est senti trahi en découvrant que tu lui avais menti. La plupart sont restés indulgents ; ni tout à fait dupes, ni vraiment conscients de l'étendue et de la diversité de tes affabulations.

C'est facile aujourd'hui de dire que rien n'était crédible dans ta biographie comme dans tes récits, du grand-père rabbin noir du Mississippi au dîner avec Gorby, de la guerre du Vietnam à la conquête des stars. En vérité, personne n'a jamais pris l'entière mesure de tes chimères. Et nul n'a imaginé le terrible effort qu'il te fallait sans doute fournir pour ne pas trop t'emmêler dans les versions. Il faut être un très habile aiguilleur de mensonges pour éviter les collisions. Quelle tension, quelle vigilance, quel contrôle cela suppose ! La peur d'être démasqué te prenait-elle aux tripes parfois ? Ta machine à rêves te donnait-elle des cauchemars certaines nuits ? Ou bien, à force de mentir, te sentais-tu de plus en plus sûr de toi et de moins en moins conscient de la limite entre réalité et fiction ? Les deux, sans doute.

Derrière, enfouis tout au fond de toi, il y avait, je crois, une grande souffrance, des humiliations, des chagrins, des secrets accumulés. Martin, Denis, l'avaient confusément senti. Mais tout cela ne devait surtout pas remonter à la surface. C'est pour empêcher cette remontée, dangereuse comme l'éruption d'un volcan, que tu rajoutais couche après couche. Et si les mots se bousculaient dans ta bouche, c'est parce qu'il fallait en même temps retenir ce que jamais, au grand jamais, tu n'aurais voulu avouer : que tu ne pouvais te supporter que réfléchi dans nos regards et inscrit dans nos vies.

Alors prends cet ouvrage comme un dernier hommage à la personne que tu as été et au personnage que tu es devenu. De la misère de Martissant à la Maison des sciences de l'homme, du Ti zozo mal dans sa peau à l'intellectuel dandy de Paris, tu as pris des raccourcis. Mi-ange aux ailes brûlées, mi-diable consumé, tu nous as littéralement impressionnés. Comme dit Sylvianne, qui t'a aimé : « Cet homme s'est autofondé. Il n'avait pas de légitimité à ses propres yeux. Mais il avait ce don d'invention. C'était un créateur permanent. »

Une belle épitaphe si tu avais eu une tombe quelque part. Faute de sépulture, je t'offre ce livre. Tu voulais faire de ta vie un roman. Mission accomplie : le voici.

REMERCIEMENTS

Celles et ceux qui m'ont accompagnée dans la quête du personnage nommé Ulysses se reconnaîtront ici ou là au fil de ces pages. Je les remercie chaleureusement pour leur contribution généreuse.

Ce livre a bénéficié des lectures précieuses d'Hélène Frappat et d'Isabelle Saint-Saëns, ainsi que des avis éclairés d'Yves Chemla. Je leur en suis profondément reconnaissante.

Un grand merci enfin à Ivan Jablonka, éditeur aussi enthousiaste que vigilant, pour ses commentaires et ses conseils tous pertinents.

TABLE

De la même autrice

La Femme majeure
(avec Edgar Morin et Bernard Paillard)
Seuil, 1973

Vieillesse des pauvres. Les chemins de l'hospice
(avec Rithée Cevasco et Markos Zafiropoulos)
Les Éditions ouvrières, 1980

Le Silence de la mémoire. À la recherche des Juifs de Płock
Plon, 1989 ; prix Amalfi pour les sciences sociales,
Le Livre de Poche, « Biblio essais », 2001

Le Livre retrouvé
(édition du manuscrit de Simha Guterman)
Plon, 1991 ; « Bibliothèques 10/18 », 2001

Changer de nom
Stock, 1995 ; Gallimard, « Folio Essais », 2006

La Famille providence. Trois générations en Guadeloupe
(avec Claudine Attias-Donfut)
La Documentation française, 1997

Le Nouvel Esprit de famille
(avec Claudine Attias-Donfut et Martine Segalen)
Odile Jacob, 2001

Pensons ailleurs
Stock, 2004 ; Gallimard, « Folio Essais », 2006

Causes communes. Des Juifs et des Noirs
Stock, 2011

Sauve qui peut la vie
Seuil, « La Librairie du XXIᵉ siècle », 2015, prix Médicis Essai ;
« Points Essais », n° 825, 2017.

Faut-il se ressembler pour s'assembler ?
Seuil, 2020

Dans la même collection

Irène Théry
Moi aussi : la nouvelle civilité sexuelle
2022

Claire Richard
Des mains heureuses : une archéologie du toucher
2023

RÉALISATION : NORD COMPO À VILLENEUVE-D'ASCQ
IMPRESSION : NORMANDIE ROTO IMPRESSION S.A.S. À LONRAI (61)
DÉPÔT LÉGAL : SEPTEMBRE 2023. N° 153737 (2302405)
IMPRIMÉ EN FRANCE